虹韵

漠江春潮诗文集

伍尚干 著

华南理工大学出版社

·广州·

图书在版编目（CIP）数据

飞虹留韵：漠江春潮诗文集/伍尚干著. —广州：华南理工大学出版社，2023.7
ISBN 978-7-5623-7171-7

Ⅰ.①飞…　Ⅱ.①伍…　Ⅲ.①诗集-中国-当代　②散文集-中国-当代　Ⅳ.①I217.2

中国版本图书馆CIP数据核字（2022）第195654号

Feihong Liuyun：Mojiang Chunchao Shiwenji
飞虹留韵：漠江春潮诗文集
伍尚干　著

出 版 人：柯　宁
出版发行：华南理工大学出版社
　　　　　（广州五山华南理工大学17号楼，邮编510640）
　　　　　http：//hg.cb.scut.edu.cn　E-mail：scutc13@scut.edu.cn
　　　　　营销部电话：020-87113487　87111048（传真）
责任编辑：李巧云　肖　颖
责任校对：黄华超
印 刷 者：广州一龙印刷有限公司
开　　本：850mm×1168mm　1/32　印张：7.875　字数：177千
版　　次：2023年7月第1版　印次：2023年7月第1次印刷
定　　价：58.00元

版权所有　盗版必究　　印装差错　负责调换

序

机缘巧合认识了伍尚干（漠江春潮）先生，温老介绍道是路桥梁教授级高级工程师，修建过很多大桥和高速公路，现在在南沙大桥项目从事高速公路营运工作。

改革开放以来，中国的路桥建设高速发展，特别是在改革开放前沿的广东，高速公路的建设日新月异。从广东第一条高速公路广佛高速到广深高速，虎门大桥，广珠东线，广珠西线，黄埔大桥、港珠澳大桥、南沙大桥、深中通道、黄茅海通道等，一座座大桥矗立在南粤大地上，一条条隧道如长龙穿行地下，一条条高速公路穿云驾雾驰骋在粤东西北中，串联起经济发展的纽带，支撑起广东经济高速发展。要想富，先修路。广东交通人不等不靠，创新工作方法，以超常规的发展速度，以敢为天下先的豪迈，敢闯敢试，成造了大湾区改革开放的辉煌，孕育了经济腾飞的新时代！广东桥闻名于世，创造了一系列的全国第一、世界第一。截至2021年，广东高速公路通车总里程突破1.1万公里，连续8年居全国第一。广东路桥为广东经济发展做出了巨大的贡献，是中国经济发展的澎湃动力。

你看看珠江上一座又一座的大桥，犹如长虹飞架，如在苍龙背上行，成就了城市的美，便利了我们的生活，我们是路桥发展的受益者。

我对路桥人由衷敬佩，在与伍尚干先生的交谈中，我深深体会到了路桥人的艰辛、喜悦、初心、使命、责任、担当、光荣与梦想。

伍尚干先生在工作之余写了这本诗文集，记录了路桥人的甜酸苦辣，成功与喜悦，尤为难得。我从中更能体会一个工科男，一个路桥工程师的情怀与浪漫。

千里之行，始于足下，

经济发展，交通先行。

感谢交通人的初心与使命，成就了我们美好的生活与梦想。

是为序。

卢家明

2022年9月于羊城

前　言

　　我来自粤西美丽富饶的漠阳江畔，阳江是中国民歌之乡，我的老父亲是公社（镇）里的广播站站长，酷爱诗词，也算是一位文艺工作者吧。从小的我耳闻目染，对文学非常感兴趣和喜爱。

　　从小学到高中，我的语文成绩，特别是作文都非常好，几乎不用花太多的时间和精力，就能够取得很好的成绩。在阳江一中读高中的时候，我是最早加入笛声文学社的成员之一，高一时征文曾获得二等奖，作文的题目是《我为祖国添光彩》，到现在我还记得清清楚楚。高中文理分科的时候，我选择了理科。后来上大学，我本科读的是路桥专业，研究生读的是土木类，成为了名副其实的工科男。大一的时候，曾醉心于文学创作，创作了以故乡的人物、事件为题材的小说，可惜由于种种的原因未能发表，至今仍甚为感慨。

　　毕业后从事路桥建设及大型高速公路营运管理，至今已有32年，期间足迹遍布阳江和珠三角的广州、东莞、深圳、珠海、中山、佛山、江门等地。在阳江的时候，主持修建了国道325阳江过境公路、闸坡环岛西路、新台线新洲段改线等项目，后来调到了省交通集团建设公司工作，参加了广珠东线、广珠北段项目的建设；主持广州珠江黄埔大桥项目的建设和营运工

作；在广深高速、中江高速、广珠西线、南沙大桥及南环段等高速公路建设部门任职。

在三十二年的路桥建设、管理实际中，我发表论文18篇，出版专著2本，发明专利4项。曾荣获交通集团优秀共产党员、优秀党务工作者、先进工作者等称号。

工作之余，重拾诗词，用诗词记录工作和生活中的美好、艰辛、成功、挫折、失败的感受，抒发对祖国山河的热爱，抒发路桥人的自豪与荣耀。

如果说画家是用纸笔把祖国山河的壮丽画下来，记录着世间的美好；那么我们路桥人也是画家，唯一不同的是，他们在纸上作画，而我们是在祖国的大好河山上作画。我们逢山开路，遇水架桥，践行美丽的中国梦，我们是大湾区发展的先行官，我们是时代的作画人！

限于本人的文学修养和诗词水平、对诗词的理解、对平仄格律的认知，文中遣词造句，难免有差错，还请各位行家批评指正为盼。

伍尚干（漠江春潮）
2022年9月于广州

目 录

- 第一篇　古体诗 / 1

- 第二篇　绝句 / 43

- 第三篇　律诗 / 111

- 第四篇　词 / 133

- 第五篇　现代诗歌 / 153

- 第六篇　散文 / 209

- 后记 / 242

第一篇
古体诗

马兰秋色远闻名,

如入桃源梦里行。

莫笑此程游伴少,

一山相送一山迎。

浮云一别，流水三十年

　　浮华随水逝，转瞬三十年。
　　往昔皆已矣，携手更向前。

年少一中结学缘，挑灯鏖战不夜天。
东山日出春来早，凤凰树下读书篇。

瞭山上，漠江边，云霞织锦作吟笺。
登高望远鸿鹄志，潜龙出水壮志添。

　　再过望瞭山下，凤凰花开相逢。
　　三十载光阴流动，仍记当年音容。

　　遥闻骊歌轻送，不觉思潮泉涌。
　　人道百年如一梦，半生弹指匆匆。

望瞭山麓笛声缈，记得当时年纪小。
结伴同行望日升，琅琅书声惊飞鸟。

飞鸟展翅声长啸，壮志冲天上云霄。
漠江水阔任鱼跳，虎踞山林风萧萧。

潇潇寒冬漾春潮,瞭岭松涛慰寂寥。
凤凰花开红盛日,风流过尽看今朝。

今朝一中东山上,结社昔日风采扬。
情怀依旧放声唱,光阴三十源流长。

流长漠江万里晴,相约十月在矍城。
千言万语竟无语,心头热泪漫盈盈。

不停风声柳千条,和风细雨催幼苗。
别离三十音讯少,今日幸会乐逍遥。

逍遥岁月颂诗篇,瞭山漠水度华年。
卅载风霜加雨露,校园温暖初相见。

相见光阴咒逝川,沉思往事意连绵。
对酒当歌峥嵘月,漠江翻腾颂诗篇。

诗篇泉涌殊不同,举杯畅饮话当年。
岁月如歌转瞬过,潇洒人生更胜前。

胜前还需多努力,谋事在人成靠天。
莫为浮云遮眼望,澄心观远谱新篇。

感怀

二八年前负笈行,望瞭山下同学情。
对酒当歌峥嵘月,漠阳江水留美名。

故园

故园一别数十年,千里相会古槐前。
雕梁画栋应还在,小桥流水入梦帘。

望柳

倚窗闲坐看江柳,雾起平津古渡头。
西风肃杀黄叶落,一曲听罢使人愁。

无题

叶陨梗枯菡萏残,西风愁起黄云间。
细雨敲窗桐叶落,平湖衰柳锁寒烟。

赠罗树人大师

大角山高半入云,十里银滩浪纷纷。
陵岛清风明月夜,闲云野鹤一高人。

暗洄山水

山清气朗景色新,溪水潺潺花缤纷。
草色天光波影里,忘却凡尘人自欣。

瞭山远眺

望瞭岭上故乡楼,东风浩荡散乡愁。
凭栏远眺千江水,万物苍灵竞自由。

少年

玉树临风一少年,青葱岁月正流连。
他日得借鲲鹏力,扶摇直上九重天。

有所思

丽日庭园芳草盛,繁花似锦姹紫嫣。
凭栏远眺山觉远,怀人千里盼归程。

春

微雨细风燕飞斜,高朋围坐品香茗。
亭台水榭烟雾里,春风拂面柳叶寒。

江南

江南三月微雨霏,草堂旧燕双双归。
东风拂面柳絮舞,粉面桃花扣柴扉。
寂寞有如青石巷,顾影自怜泪若飞。
窗前过客足音远,春闺深处心暗悲。

冬日

草木葱郁山含黛,霞光万道映花妍。
北疆已是漫天雪,南国冬日如昊天。

西湖冬日黄昏

深冬时节西湖边,曲院荷风晚凉天。
柳枯叶落黄昏后,断桥残雪两缠绵。

无题

冬雨落河堤,树灰云远低。
窗台残叶落,风卷沙石飞。
坐看年将尽,沉思百事非。
举杯强装笑,欢快映愁眉。

相逢

细雨微风天蒙蒙,荔枝蕉叶影重重。
隆冬时节冷飕飕,高朋满座暖融融。
正是一年好光景,膳道坊里再度逢。
年少同窗鬓白见,清茶一杯笑意浓。

三月

夹岸桃花三两枝,天光云影画如诗。
轻风摇曳香四溢,几只麻雀闹吱吱。

普陀山

海上有仙山,苍茫云海间。
浪涌金沙现,风正鼓渔帆。
岛上树木盛,鸟语花斑斓。
岩壑险奇秀,曲径通幽关。
道观藏仙洞,草木隐禅庵。
洞天古木挺,修成悟与参。
绿掩无为观,花映仲尼坛。
日照大雄殿,树影拂高槛。
庄严清静地,安期始炼丹。
梅福结茅处,仙水何潺潺。
丹成跨鹤去,幽香满翠鬟。
蛟龙听铁笛,梅花春满湾。
我来当七月,海阔天正蓝。
苍龙翻夕浪,普陀拥晴岚。
世间名利客,到此静心还。
独立高处望,众生皆涅槃。

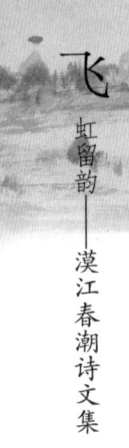

岁末随想

岁月匆匆去不还,李花开放梅花残。
人生有如花更替,宠辱不惊心如磬。

无题

落日入东海,云游天地外。
澄心待明月,悄然燕归来。

玄月

辗转反侧难入眠,披衣寂寞倚窗前。
天边一轮弯弯月,勾起谁人藕丝连?

莲女

江畔采莲女,亭亭碧绿间。
玉手摘翠蓬,汗湿紫罗衫。

春山夜话

春山深处人迹稀,布谷欢唱雨初停。
明月松间花溪水,自在林蛙石上鸣。

罿城

罿城微雨浥轻尘,瞭山朝来云出岫。
见山见竹无尽意,唯见漠江万古流。

无题

微雨斜风夜入罿,漠阳江水漾清波。
平明送客石觉寺,桃花飘落半边河。

东岛抒怀

水碧沙白海连天,南风吹拂浪声喧。
济济一堂聚东岛,举杯畅饮话当年。

转眼已过三二载,慨叹光阴咒逝川。
莫道岁月催白发,潇洒人生更胜前。

春

微雨燕双飞,桃花叩柴扉。
小楼西窗闭,枯木绽新蕾。

游莲花山

莲花三月烟雨中,楼台掩影景色朦。
山前不息珠江水,惯看秋月与春风。

西湖春

难得西湖三月中,不见苏堤烟雨蒙。
繁花影隐蓝天下,柳丝醉舞笑东风。

山行

新会城外圭峰，颠连直指云中。
林间花溪水响，鸟鸣更觉山空。
古塔亭台向晚，云霞漫卷东风。
会当凌霄绝顶，把酒临风苍穹。

春行

暮春衣衫薄，风吹花飘落。
谈笑不觉远，信步闲庭踱。

题宋太傅庙

巍巍青山海连天，海陵岛外打渔船。
海上君臣留正气，明月清风万古传。

游园

彤庭日暖生紫烟，锦瑟无端思华年。
韶华易老春花落，莫负人间四月天。

芳村东澉村

呼朋引伴到花田,五彩缤纷姹紫嫣。
丽日和风蓝天下,管它今夕是何年?

纪念

铁打营盘流水兵,城头变幻大王旗。
湖东菡萏花开日,正是江中换将时。

峨眉

云雾罩远山,江水流其间。
佳气钟灵秀,圣地列仙班。

江中东升

守得云开待月明,湖东菡萏牡丹亭。
当时白鹭翔空处,一草一木总关情。

凤凰花

凤凰花开照眼明,去年六月在鼍城。
曾于树下观棋语,更以清茶水煮瓶。
太傅旧址重看处,波涛拍岸起和声。
盛红最是风吹落,何异世间枯与荣。

西溪湿地

十里西溪绕村边,绿萝香茅种屋前。
几朵闲云山入画,一枝红杏碧蓝天。
行船曲水鱼欢笑,鸟鸣声声正可眠。
秋入桂林香满地,正是人间桃花源。

杭州西湖

天下西湖何其多,独数杭州占鳌头。
一年四季风景异,文人墨客竞风流。

乌镇六朝遗胜

六朝风物逐水流,柳色依旧古渡头。
无情最是青石巷,送走多少公与侯。

南宁青秀山

邕水逶迤绕其间,秀山横亘市东南。
古柏松涛登古道,观花赏叶入云岩。
董泉流水传正气,九层宝塔印天蓝。
更喜瑶池天水绿,斜风细雨不思还。

江南

七月江南闲踱,小桥流水花落。
亭台楼角鹭飞,渡头无人舟泊。

游仙家垌

微雨仙家垌,秋色有无中。
半空闻笑语,山深无人踪。

望夫山（一）

望夫山下水，日夜为谁流？
明月千山远，鸿雁寄哀愁。

望夫山（二）

满山翠绿点秋红，南望海天渺无穷。
千山有水明月在，万里相思与君同。
归期已到人未见，望夫化石对苍穹。
感其痴心情一片，游人到此皆动容。

望夫山（三）

满山青翠郁葱葱，大海茫茫接碧空。
皓月千言传爱意，长风万语诉情衷。
柴门绿树无由顾，小径繁花枉自红。
预设归期君未至，望夫化石对苍穹。

寒露

秋高天晴朗,长湖菊花黄。
微风桂香送,濯足望八荒。

那琴半岛

金光照海阔,白浪卷天蓝。
惊涛拍岸处,风正一悬帆。

重九日

夕阳问苍山,秋叶染金丹。
日暮千山远,何处是乡关?

秋雨上云山

高天滚滚云来急,细雨翻飞落莲池。
秋日云山风景异,菊花傲放正当时。

细雨青城山

细雨青城景最奇,红叶雾色更迷离。
世间风云凭变幻,山中岁月漫推移。

江中高速通车十周年记

水网江中起蓝图,筚路蓝缕变坦途。
十载风云凭变幻,七色彩虹称楷模。

泸州吟

泸水绕城默默流,繁花似锦古城头。
川滇黔渝交会地,酒旗林立香满楼。
慕名千里来相会,文人骚客墨宝留。
最是销魂多情处,江阳女子爱意柔。

赤水行

久闻赤水名,今日黔西行。
酒向知己饮,醉梦会刘伶。

无题

昨夜西风恶,今晨树带霜。
曲径花满地,长湖映天光。

观曾华大师画展

曾在漠水度年华,乡关无声美如画。
青山翠竹青葱日,幅幅风景是吾家。

西岭雪山

势位高危耸天宫,雄奇险峻叹鬼工。
向上攀高揽明月,下窥俯听闻惊风。
碧绿波涛添秀色,银色苍龙腾半空。
山雨欲来风满袖,万木萧萧天蒙蒙。

岁末感怀

不羡世上逐利人,且把浮名付白云。
花开花落寻常道,梅李次第又一春。

元旦

四气均衡是元旦,腊月云山花烂漫。
摩星岭上瞳瞳日,黄婆洞里人未闲。

游英德人民大桥有感

英德人民斗志坚,敢教日月换新天。
二载艰辛峥嵘岁,大桥矗立北江边。
千年古镇齐庆贺,万民空巷锣鼓喧。
引来东面滃江水,灌溉西边望天田。
长虹飞架山水绿,两岸稻穗下夕烟。
抚今追昔殊不易,物是人非景变迁。
静卧江波观世事,月轮穿沼咒逝川。
光阴流逝四五载,功成身退入史篇。

刘少奇故里

群山环抱炭子冲,伟人故里隐其中。
年少已立凌云志,建国伟业有奇功。
含冤昭雪重光日,高风亮节世人崇。
好在历史人民写,百仞丰碑念刘公。

秋

秋风起兮露为霜,溪草稀兮叶渐黄。
登高山兮望苍茫,乡关远兮水一方。
南飞雁兮天碧蓝,风吹稻兮千层浪。
林深处兮炊烟缈,芦花白兮明月光。

梅州瞻仰叶帅故居

少年立志出乡山,戎马半生若等闲。
长征路上峥嵘日,生死关头显高瞻。
文韬武略亦谨慎,大厦将倾挽狂澜。
梅州福地藏灵气,千古叶帅一奇男。

游一中旧址

瞭山旧址桂花开,香风弥漫绕窗台。
楼前古树枝叶茂,前度伍郎今又来。
残墙败瓦色暗淡,芬芳亭内半是苔。
梦里相思三十载,物是人非空感慨。

一中高中三十聚会记

醇香美酒三十年，一杯一杯往事绵。
瞭岭山上青葱日，凤凰树下读书篇。
时光似水转瞬逝，聚首已是雪鬓边。
韶华易老情难变，夕阳晚景霞满天。

纪念

天色阴沉雨欲来，金风吹动天门开。
黄道吉日良时到，青龙白虎拜印台。
芳草含霜菊花艳，朱雀玄武共徘徊。
此去灵山应有路，畅游极乐云天外。

冬月初一

悬月照初冬，渐觉寒意浓。
长湖荻花瑟，西山叶正红。
浮华流水逝，转瞬白头翁。
莫怨青春短，庆幸与君同。

羊城冬日

丽日蓝天花缤纷,风轻气朗一时新。
珠江水阔腾细浪,白云山高鸟成群。
新城今日开广马,林荫深处歌声闻。
健康快乐寻常道,追名逐利是浮云。

小城即景

小城风景最怡人,云淡天青鱼尾纹。
数只塘鹅正戏水,春在枝头已几分。

阮退之故里

砖青瓦黑灰,柳绿燕双飞。
当年明月在,曾照阮郎归。

雪落羊城

冬日暖阳万里空,雪落羊城影无踪。
千年古邑堪奇遇,心忧衣薄盼春风。

江南

江南烟雨梦魂中,朱伞素衣映花红。
白墙灰瓦青石路,几度回首望乌蓬。

菠萝的海

久仰徐闻春色稠,红土菠萝灯角楼。
海瑞东坡香如海,空留佳果对蛮牛。

思归

风雨涤荡洗尘埃,旭日东升照窗台。
待到归来锣鼓响,新春礼花漫天开。
美酒佳肴亲朋乐,野味飘香馋童孩。
唯望高堂身体健,共享天伦康泰来。

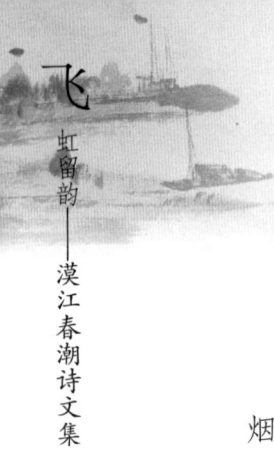

烟花雨

烟花鸣放万千姿,疑是瑶台樱乱飞。
美艳绝伦遮蔽月,惹得嫦娥起凡思。

写春联

东市买红纸,只为幸福时。
寥寥字数笔,写满春暖意。

立春

冬尽谁先觉?老树发新芽。
立春不经至,塘鹅水中划。

乡愁

春风万里故乡楼,惯看秋月与离愁。
今日登高揽胜迹,别有滋味上心头。

品茶

春风不解仙人味,围炉煮水成香汤。
本是山间寻常物,巧手制成自然香。

无题

阴雨夜连绵,老树发芽尖。
谁言冬未尽,野猫唤春天。

春日

长湖逶迤春日灿,柳色生烟燕飞栏。
最是一年好光景,莫待花落空嗟叹。

春日抒怀

春日戏嬉漠江东,景随心转各不同。
莫被浮云遮眼望,能在枝头觅春风。

河堤

十里河堤花满天,姹紫嫣红对华年。
香风熏得游人醉,疑是瑶池现眼前。

江南春

江南春水绿,湖上鸳鸯浴。
品茶观花事,衣袂迎风拂。

春

微雨细风燕飞斜,高朋围坐品香茗。
水榭楼台雾中树,无边春色入小亭。

无题

阳春三月菜花黄,蝶舞蜂飞采蜜忙。
东风拂绿柳絮舞,湖上鸳鸟已成双。

春寒

最是难耐倒春寒,青春瑟缩水微澜。
昨夜狂风急雨骤,满径落红百花残。

植树小记

雾锁亭台阴雨绵,草含珠露嫩芽鲜。
忙趁春色好种树,他日撑起蔚蓝天。

仙境

海市蜃楼今朝显,蓬莱仙景现人间。
五羊衔穗来福地,花城广场觅神仙。

无题

羊城三月烟雨蒙,桃红李白笑春风。
推窗只见雾中雾,多少楼台隐其踪。

三万英尺看白云

三万英尺看白云,如今我是云中君。
不见嫦娥舒广袖,唯有日月与星辰。
吴刚伐树知何去,天庭浩荡无处寻。
拜托银鹰千万里,春风展翅把天巡。

酉阳桃花源

春日寻芳到桃源,烟雨朦胧别样天。
桃红李白柳色重,清溪水暖打渔船。
棋逢对手渔樵乐,儿童逐犬声相连。
问句陶公居何处?云雾山中隐神仙。

酉阳春色

酉阳三月桃花源,山清水秀世外田。
道是一年春色好,千树万树花正燃。

踏青

紫陌牧人乐,柳色已成河。
百花齐斗艳,犹觉香渐多。
鱼动青萍荡,孤鹅弄幼荷。
唯余芳自赏,众友瞭山歌。

清明行

天色阴沉细雨纷,芳草萋萋掩山坟。
灰纸燃尽化蝶舞,薄酒落地下黄尘。
那龙水碧怀旧事,龙潭鹃红念亲恩。
光阴苦短转瞬逝,更应惜取眼前人。

渝湘线风光

隔断青山是金黄,三月菜花蜂蝶忙。
山映斜阳溪水绿,满园春色印天光。

执信奉恩堂

菡萏清香夏日凉,池塘水满蛙声长。
柳色青郁随风舞,奉恩堂里倍思量。

羊城大雨

雷鸣电闪耀夜空,羊城豪雨气如虹。
千街万路乘舟去,汽车泽国成鱼虫。
长梯水漫瀑布现,地铁有如海底龙。
水涌公车君莫笑,小伞捕鱼乐无穷。

赠儿

志存高远学圣功,莫负年少岁月葱。
待到云散花开日,指点江山气如虹。

夏日

丽日蓝天白云飘,绿水青山分外骄。
谁引天鹅曲颈唱,振翅欲飞上云霄。

无题

云霞耀塔影,月色照流萤。
柳荫连半夏,听取蛙声鸣。

壮歌

菁菁校园,桃李芬芳。
三载努力,无悔寒窗。
征途再上,一路阳光。
鲲鹏展翅,志在四方。

乡居

闲塘碧柳待云霞,絮舞东风伴飞花。
柴门半掩犬戏蝶,袅袅炊烟出何家?

丝路

作别江南千里外,丝路驼铃今不再。
青海花黄迷人眼,祁连拥雪入梦来。

鹿鸣湖

鹿鸣云山下,鹭飞明湖边。
枝头青翠鸟,观鱼看云天。

秋

金秋送爽玉露潜,大雁南飞碧蓝天。
风吹稻穗千层浪,层林深处见炊烟。

油画良宵

仿若隔世与君痴,貌美如花君最知。
记得当时携手处,玉人吹箫月明时。

中秋

鸟宿梧桐树,月上瞭山冲。
闲庭黄叶落,风起漠江东。

重游金山植物园

湖光山色一时新,气朗风清洗烦尘。
南洋杉树今犹在,记否当年护林人?

重九日念父亲

秋风瑟瑟落叶纷,无边思忆倍伤神。
重九鸢飞登高日,团圆席上少一人。

无题

金风拂面路尘轻,桂花零落香满城。
日暮乡关千里外,愿作明月伴君行。

冬夜超级月亮

玉宇澄清一目收,闲庭信步光中游。
天上谁装无尘镜?照散人间万种愁。

明月夜

玉宇澄清明月光,香风四溢入纱窗。
谁人倚天安宝镜?无尘镜里无忧伤。

梦西厢

梢上月朦胧,鸟宿桂堂东。
玉人花影动,秋夜晚来风。

酉阳印象

冬日寻仙到桃源,酉阳风韵别样天。
莫道关山路迢远,边城人物乐于阗。

初冬

西风吹柳拂面凉,湖光潋滟叶渐黄。
残红落径无人扫,蕊含朝露晚凝霜。

观莲

浮香曳碧波,妙结仙人果。
澄心观自在,遥看一千河。

原乡

深红浅绿树高低,荻花枫叶一山鸡。
生客误入犬狂吠,笨牛坠落浊水溪。

冬夜

冬寒夜冷月初升,素裹银装耀眼明。
孤客无心赏风物,雪拥南山马不停。

望海

冬日暖阳照无边,浩瀚缥缈海连天。
白鹭翔飞波影里,汪洋深处打渔船。

湛江行

满眼青翠椰树风,南望海天渺无穷。
霞光万丈斜阳落,白帆点点印苍穹。

粤韵风华

粤人千载盛,韵味万代生。
风物流传世,华章续永恒。

登板丈山

日出苍山照乾坤,东风吹荡旧年尘。
放任诗情关不住,登高望远咏白云。

广州美

一柱擎天刺白云,繁花怒放气象新。
北国深害灰霾苦,广州美景羡煞人。

江南冬雨

潇潇冬雨落江南,陌巷梅花傲风寒。
香茗一杯闲情在,吴侬软语唱评弹。

鼍城汇

四面八方汇鼍城,笛友情谊如冰清。
千里相聚一团火,随风散作满天星。

喜相逢

窗凝寒露月悬空,笑语欢声暖意浓。
八方笛友聚户外,高歌一曲喜相逢。

画象

画象意朦胧,大家愧其容。
造物生神化,妙笔夺天工。

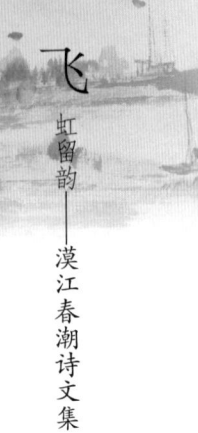

渔者

人在江湖岁月催,青丝雪染鬓毛衰。
应羡渔歌唱晚者,满载唐风宋韵归。

一念

观苍山云海,见陌上花开。
听惊涛拍岸,悟人间百态。

香江行

香江水暖洗轻尘,春风浩荡气象新。
新朋老友重聚日,征途再上赶路人。

元旦抒怀

柴扉难掩姹紫嫣,时轮翻滚又一年。
欣有旧梅花不老,喜看新月渐渐圆。

前尘往事随风逝,后世鸿篇唱大川。
文采邀得情怀在,寻章索句乐于阗。

元日

元日登角山,南望海天间。
浪涌金光现,波撼云际蓝。
春风第一度,拂面不觉寒。
遥闻狮鼓乐,爆竹报平安。

伍福厂游记

仙家峒上景色新,游人如鲫乐缤纷。
峡谷横斜草木长,伍福瀑布水如银。
忽然晴天云变色,电闪雷鸣雨若崩。
清澈溪水如黄龙,山洪滚滚似牛奔。
花容月貌如土色,嗟叹是日祸及身。
众人此时皆失意,救兵有若如天军。
溪水中间现几人,手如铁索脚生根。
涉险过关齐庆幸,把酒言欢贺重生。
若非危难当时现,安知汝等是丈夫?

第二篇
绝句

月上中天乐意融，金风送爽桂花丛。

他乡纵是千般好，不及家园柿子红。

菜田

新绿上菜田，低鬟小笠偏。
蜂蝶腹中笑，正是摘菜天。

如花似鸭

花影水之滨，鱼游显细粼。
鸭孤悠自得，划破北湖春。

无题

金山雨后新，蛙叫鸟声频。
仲夏晨风过，杉香味可人。

赏菊

玉露晓风霜，蒹葭白苍苍。
秋来芳草悴，独爱菊花黄。

山行

丽日朗天清,登亭望古城。
人言秋色美,脚步亦轻盈。

冬雨

冬雨打梧桐,云山仿若梦。
黄叶落窗台,风起小桥东。

鄱阳湖

浩瀚了无边,恢宏百万千。
游船惊雁鸟,湖水碧连天。

菜园子

菜地望无边,花开青翠巅。
暖阳驱寒露,冬日可人天。

落叶

老树北风吟，金黄耀眼明。
飘飘何所托，落叶寄深情。

南莲园池

城中藏古园，闹市忘烦喧。
曲径通幽处，莲花妙不言。

百花洲

信步百花洲，东风拂面柔。
几场春雨后，新绿上枝头。

菡萏

菡萏碧波藏，无风亦自香。
何须秋日至，盛夏也生凉。

无题

微风吹弱柳,急雨打残荷。
早起行千步,听林鸟唱和。

立冬

秋尽是冬来,风霜残菊开。
初春将不远,梅蕾现窗台。

寻味广珠西

牛杂与猪蹄,叉烧糯米鸡。
人言平靓正,寻味广珠西。

北江春

水暖气氤氲,清晨景色新。
凭栏观自在,目满北江春。

小叶榄仁

冬来落叶频,雀鸟耻为邻。
春日连场雨,东风满树新。

女职工手工艺制作比赛赞

巾帼半边天,春花陌上妍。
心灵描锦绣,巧手绘新篇。

立夏即景

立夏雨如磐,风凉花已残。
高温无处觅,竟遇倒春寒。

无题

明月照横塘,风花春夜香。
虫鸣蚊乱舞,壁虎悄登场。

生日寄语

青春灿若霞,十九好年华。
志向存高远,鹏程任叱咤。

立秋

暑去夜霜降,秋来桂满窗。
营盘今又转,流水到龙江。

无题

浮云流水逝,五载记犹新。
容桂今朝别,龙江祝福频。

登高远眺

蝉鸣三伏季,莲影蝶成双。
高处凭栏望,长龙锁大江。

立春

昨夜严寒去,立春今日来。
东风频解意,岭上有花开。

宋太傅庙舒怀

陵岛之东大海边,宋太傅庙现眼前。
芳草萋萋虽蔽日,报国贞忠入史篇。

德云居

青砖红瓦碧江东,芭蕉掩影在其中。
门前桂花今犹在,换了多少主人翁!

感怀

莫对青山谈世事,且将烦闷付白云。
喜看巨龙腾赣粤,从此坦途车绝尘。

香江即景

风雷激荡扫旧尘,东方欲晓气象新。
莫道前途风浪恶,香江水暖唤归人。

无题

东风吹来满眼春,万千姿彩夜缤纷。
修桥铺路功德事,香江畅聚善为尊。

大雾

大雾弥天笼城空,云山珠水影无踪。
有如天上梦中走,迷失南北与西东。

红旗渠有感

桃花灼灼沐春风,红旗渠绕群山中。
晋水东南入豫处,人间奇迹夺天工。

乡村即事

龙船鼓响江水平,东边雨骤西边晴。
谈笑不觉天已暮,长亭向晚听蝉鸣。

无题

龙舟竞渡奋争先,锣鼓声声响震天。
绵延十里看客众,雨落鼉城各半边。

秋日云山

登山健步汗湿身,玉宇澄清景怡人。
闲坐亭台观棋语,心随秋日牧白云。

冬夜

冷雨随风潜入夜,湖江瑟瑟灯影斜。
可怜明朝赏花人,满径尽是深红色。

红棉（一）

西风瑟瑟雨连绵，一树繁花耀水边。
料峭寒凉何足惧，红棉盛放庆春天。

红棉（二）

学子青云志未穷，寒窗苦读到蟾宫。
时人不解书生志，尽在红棉怒放中。

红棉（三）

微风细雨落无穷，紫燕穿林觅幼虫。
学子不知春到早，红棉怒放耀苍穹。

红棉（四）

阴沉雾霭雨连绵，怒放红棉灿欲燃。
料峭春寒何足惧，丹心一片向云天。

初春

岸堤杨柳笑春烟,燕子穿林近水边。
野渡无人舟望日,桃花散落半边船。

陌上花开

今春陌上又花开,姹紫嫣红耀紫台。
问遍乌江捕鱼者,当年俏脸可曾来?

春日

雾散云消日渐高,遥望老树挂黄袍。
枝头旧叶纷纷下,何用春风动剪刀?

春

初遇娉婷二月花,陈年老柳焕新芽。
穿林燕子何曾觉,春在枝头已置家。

云山即景

微风细雨上云山,雾锁楼台隐俏颜。
野鸟和鸣花娇艳,草含珠露水声潺。

春到独田水库

山映湖光气象新,景随心转自由人。
等闲只识风光面,烟雨朦胧又一春。

春日即景

春色撩人百味香,满城唯有叶榕黄。
东风不是吹愁去,偏把离情洒路长。

华师大黄叶

三月黄叶耀眼明,东风吹拂即飘零。
满径尽是黄金色,错把春天比秋景。

元阳梯田

鬼斧神工愧不如,元阳梯田天下知。
山水有情自成画,大地无言亦是诗。

羊城赠笛公容老师

春风化雨掌教鞭,桃李芬芳数万千。
谁道先生落霞晚?宝刀未老谱新篇。

林芝桃花开

林芝雪域暮春催,山谷桃花恣意开。
把酒灯前邀共醉,无人知是赏花回。

雪域桃花

红粉团团树树花,青山疑是染云霞。
忽然一阵春风起,飞雪翩翩落树丫。

广州美

一柱擎天刺碧穹,珠江南向渺无穷。
满城新色朝阳下,千载羊城赞誉隆。

采桑葚

桑叶青青入眼帘,儿童树下叫声尖。
满枝尽是佳桑果,可爱红酸爱紫甜?

春景

残红满径桃花谢,望尽湖堤嫩绿飞。
花酒当歌离散后,空留舟影对余晖。

笛友聚禅城

迎风冒雨聚禅城,往事当年梦里萦。
荏苒时光流不去,瞭山诗意漠江情。

暮春雨晴

连绵阴雨下无边,春意阑珊更觉怜。
待到雨停天晴日,云霞飞舞闹蓝天。

南浔夜色

此际南浔梦里青,远烟疏树夜流萤。
何时再见西窗月?软语吴侬细细听。

五一节题赠广珠西线员工

安全欢畅臻同道,工作舒心两相齐。
何处风光为最好?太阳花放广珠西。

夜游塘西古镇

塘西古镇晚凉天,鸳侣长街爱意绵。
何处风光君最忆?华灯初上小桥边。

赣州通天岩(一)

叠嶂层峦气象新,中峰闲坐绿如茵。
如何得上通天道?揽尽仙班万木春!

赣州通天岩(二)

千丈岩高向晚霞,山风吹冷绿阳斜。
不知谁唱归乡曲?愁落亭旁老树花。

斗鸡图

昂扬斗志老公鸡,可笑肥横尾向西。
作势装腔声色厉,遭逢强敌把头低。

过渭河

渭河不再浪如银,多少繁华尽掩尘。
昔往太公垂钓处,萋萋芳草对星辰。

华山松

身处危岩万仞峰,乱云飞渡且从容。
凡尘俗世多纷扰,要做华山不老松。

登华山有感

千里迢迢上险峰,华山论剑影无踪。
风流总被风吹去,西望长安暮色浓。

初夏

凤凰花放耀平明,菡萏初开气朗清。
晓起不知连夜雨,横塘水满夏虫鸣。

珠江端午早晨

波光塔影两分明,江畔穿行听浪声。
自在风凉人迹少,芳林深处夏蝉鸣。

无题

连绵夏雨涨荷池,草满前湖绿满枝。
今夜故园明月下,谁人与我忆当时?

西湖春

暮春三月百花妍,十里湖堤烟雨绵。
拂面东风浑不觉,枝头叶绿闹春天。

海边有感

旭日东升气清新,轻舞浪花最可人。
记取当年牵手处,海枯石烂永相亲。

金山夜

雨后风来拂茂林,荷塘月色影深沉。
虫鸣蛙叫湖心岛,今夜檀郎再度临。

雅韶汇

连绵细雨去轻尘,水涨尖山渡草新。
庆幸相知星夜下,且留醇酿待佳人。

高黎贡印象

山明水秀蔚蓝天,姹紫嫣红最可怜。
雾绕群峰风景异,高黎贡里不知年。

夏日海边

望海无边渺渺烟,晴空闷热汗如泉。
蜻蜓挥起纤纤翅,掀动台风要变天。

立秋

一去韶光已立秋,田间稻穗话丰收。
举杯何要星空下?亦可长湖泛小舟。

秋夕漫步

西风吹草自缠绵,墙内秋花开正妍。
美景当前君谨记,长湖夕晚可人天。

无题

徐行郊外觅秋风,赏叶观花笑意融。
岁月苍劳年样老,同行稚子叫公公。

夜游秦淮河

月照中元柳色明,秦淮十里夜温馨。
桥边谁唱思乡曲,惹得游人驻足听。

白露

江南白露可人天,独坐凉亭竟欲眠。
孤雁不知秋意近,湖边鸣唱戏红莲。

赏荷

晃眼光阴已仲秋，红衣渐落使人愁。
何时再见芙蓉面？要待明年酷暑游。

秋分

金风送爽入秋分，云淡天高色醉人。
正是一年光景好，桂花香透暑寒均。

国庆值班有感

国庆加班看巨龙，天边云彩舞西风。
寻常一样窗前叶，当有红旗便不同。

郊行

青山绿水乐逍遥，秋到羊城暑未消。
独坐凉亭摇纸扇，隔江可看小蛮腰。

中秋夜

小蛮腰瘦月高明,珠水云山爱意盈。
莫道今宵团聚夜,有人仍要守三更。

过北江石角咀

北江水缓又朝东,秋晚风凉暮色浓。
当羡天边南飞雁,霞光影里笑长空。

清新北江夜景

秋风浩荡入新城,幻影霓虹夜水清。
江畔长廊人若鲫,寒凉难挡步轻盈。

无题

金风送爽入乾坤,吹散弥天恶厌尘。
旭日东升新气象,征途有赖领航人。

莲花山（一）

莲花盛放大江边，接引门徒佛有缘。
心上长留真善美，世间永是艳阳天。

莲花山（二）

越人采石大江边，山映斜阳叹逝川。
今日东风随我至，莲花盛放已千年。

阳春鱼王石

金风日暮漠江边，化石鱼王万亿年。
山野无言花自落，一湾秋水彩霞天。

马兰风光

马兰大地泛金黄，十里方圆若画廊。
遍搜佳词写秋意，徐行阡陌赏风光。

马兰印象

马兰秋色远闻名,如入桃源梦里行。
莫笑此程游伴少,一山相送一山迎。

阳春吟

花开四季若霓裳,七彩阳春是画廊。
山水妆成无本意,人文孕育有文章。

立冬

天寒叶落雨横风,水冷荷枯又立冬。
世事纷繁多变幻,乱云飞渡且从容。

游王子山(一)

北风呼啸水声喧,路窄蜿蜒上九天。
秋染山林知了隐,凭栏远眺色无边。

游王子山（二）

满帘苍翠雾云峰，溪水穿林现影踪。
犬吠鹅欢端是好，愿为山下种田农。

银杏黄与菊花香

瑟瑟西风扑面霜，幽幽顿感满城香。
菊花纵是千般好，输与公孙一地黄。

过浮梁

琵琶行里话浮梁，千古流芳茶品香。
多少繁华飘逝远，空留长水对残阳。

三清山云海

冬日三清气冷晴，苍茫云海绕山行。
无端一阵松风响，似是惊涛拍岸声。

春风亭

曲水枯藤岩上松,观花赏叶入云峰。
春风亭下三杯酒,今夜山中月色浓。

赠刘小姐伉俪

漠江二十二年前,湘粤姻缘一线牵。
风雨兼程携手过,同舟共济谱新篇。

冬日羊城

丽日蓝天万里晴,珠江两岸逐波行。
暖阳催放花千树,心旷神怡笑意盈。

西线趣味运动会

员工面貌众人夸,西线风华逐日嘉。
节目舒心多趣味,健康生活乐开花。

冬至

风雪红棉一树开,金梅怒放傲窗台。
霜天数九虽寒冻,冬至阳生春就来。

岁末晨上云山

云山中路下樱红,绿水初阳岩上枫。
但见金黄纷坠落,寒梅朵朵傲霜风。

登山有感

青山望尽又青山,流水潺潺流水潺。
岁岁年年年岁岁,青山未老老人颜。

健步鸳鸯湖公园

暖阳冬日去风寒,湖畔徐行独上峦。
竞步健康心态好,何须问道访仙丹?

梅花

地冻天寒满面霜,观花赏叶上山梁。
红枫纵有三分艳,不及梅花一缕香。

寒流有感

朔风刺骨草含冰,扑面寒霜花带凌。
薄被难熬三更冷,衣单唯盼气温升。

年二十七即景

一年到此半城空,信步湖边暖意融。
往日繁华熙攘处,香花树下几顽童。

晨行

早起徐行山海间,银滩霞影色斑斓。
惊涛拍岸花正好,谈笑风生过险关。

云梯山黄花风铃

约定阳春次第开,风铃花艳渐登台。
会当高处凭栏望,万朵黄云入眼来。

黄花风铃木

树树黄花耀眼明,春风梢下笑相迎。
纵然落尽千般绿,只为殷殷半月情。

过湖中路

三月鼍城耀暖阳,茵茵青绿漫山梁。
春风才过湖中路,早有角梅爬上墙。

小园即景

小园二月吐芬芳,散入东风十里香。
蜂蝶花间忙采蜜,无心顾及赏春光。

鼍城风光

楼房林立对苍山,装点浮云翠绿间。
风物宜人端正好,高凉故地换新颜。

重临东山老校

青葱岁月去不还,记否东山夜赏兰?
故地重临楼已老,春风依旧拂云峦。

春到龙潭湿地公园

草长莺飞满树花,小桥流水柳西斜。
闲来独坐青溪石,爱看春风弄嫩芽。

山花

春风传信入云峦,便有山花开烂漫。
僻野穷乡虽料峭,丹心一片不言寒。

清明

花开花谢总因期,聚散依依终有时。
一炷心香随细雨,春风路上寄相思。

故乡楼

春风万里故乡楼,惯看欢欣与离愁。
今日登高寻胜迹,别番滋味上心头。

登楼

丽日寻春上翠楼,东风浩荡散乡愁。
凭栏远眺千江水,万物苍灵竞自由。

行大角湾栈道(一)

健步穿行大角湾,惊涛堆雪响春山。
我言栈道风光好,岭上繁花隐笑颜。

行大角湾栈道（二）

早起穿行大角湾，海边栈道绕秋山。
惊涛骇浪何言惧，一路欢歌带笑还。

罗大师重游周瑜故里

周瑜故里百花开，前度罗郎今又来。
雨后轻云遮皓月，荷香一缕绕窗台。

初夏

凤凰花艳夏虫鸣，菡萏初开伴雨生。
最美人间当四月，熏风解愠踏歌行。

初夏晚景

雨后云霞耀眼明，仿如仙境梦穿行。
桃源虽好千山远，莫若家园气朗清。

晨行

晨行湖畔气新清,菡萏花开耀眼明。
雨打浮莲蛙叫急,忽时高亢又低鸣。

无题

夏至蝉鸣日渐长,晚风霞影荷花香。
投林倦鸟何曾觉,游子他乡逐梦忙。

赠外甥

荔熟蝉鸣麦穗黄,风吹菡萏满园芳。
龙船鼓响无心顾,学子蟾宫折桂忙。

荷花

菡萏初开六月天,嫩红粉白胜婵娟。
儿童稚气连声问,可采荷花插鬓边?

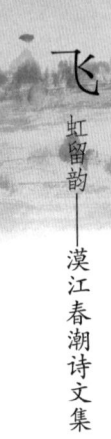

夏日即景

朝辞容桂彩云牵,走马南屏近海边。
雨骤风狂枝叶落,笑言百里不同天。

过大排山

于林木秀易纷争,定有妖言惑众生。
谁道浮尘能蔽日?东风吹散满天清!

党的生日抒怀

山河破碎旧神州,幸有南湖一叶舟。
九七芳华添活力,初心不改为民谋。

江中鸟岛

夕阳西下上层楼,云影天光一目收。
记得来时湖畔过,归巢白鹭绕枝头。

对话陈麒凌

蜚声内外大名闻,化雨春风恰似君。
今日堂中听对话,胜于饱读众诗文。

延安

登高望绿水潺潺,不见当年黄土山。
七月延城花似锦,喜看旧貌换新颜。

古城

古城今夜晚来风,吹散烦尘快意融。
新月霓虹天际上,花开半夏映苍穹。

黄河壶口

黄河九曲向东流,浩荡恢宏多少秋。
谷口横斜深窄处,浊龙飞舞一壶收。

菡萏

平明漫步小湖边,菡萏花开灿欲燃。
纵是夜来多雨骤,清香一片向霞天。

八一晨跑

鸟语风轻始觉凉,晨曦初照藕花芳。
湖天云影香缥缈,浊事烦尘一扫光。

读书有感

应怜世道有艰辛,积德还须莫笑贫。
谨守初心行本善,平生不做递刀人。

抢险

暴雨倾盆风啸声,月环隧道有灾情。
前方路养机车动,监控中心灯火明。

羊城霞满天

轻云薄雾伴金风,秋到层林万物葱。
日暮羊城皆是景,斜阳碧水落霞红。

题教师节

春风化雨掌教鞭,桃李芬芳万数千。
若用言辞来比拟,师恩似海大如天。

战台风

今晨昨日战台风,上下同心气如虹。
纵是倾盆连夜雨,救灾抢险向前冲。

无题

抵御台风日夜忙,征尘满面染戎装。
安全保畅责任大,国庆中秋又上场。

中秋节抒怀

潇潇夜雨满亭池,秋到羊城总是诗。
何处风光君最忆?广州塔上月圆时。

八月十六

月上中天乐意融,金风送爽桂花丛。
他乡纵是千般好,不及家园柿子红。

国庆节保畅通

勠力同心保畅通,广珠西线党旗红。
勇挑重担不言苦,驻点巡查步履匆。

赞老妈

八十芳龄志气高,青春爱美着旗袍。
乐观向上如花笑,后辈儿孙倍自豪。

秋雨

徐行幽径入花丛，金桂香浓逐晚风。
雨后园中多翠绿，墙边一树点秋红。

无题

田畴阡陌远山岚，枫叶芦花溪水蓝。
一路徜徉秋色里，不知车到绿城南。

秋末行云山

云淡天高溪水潺，金风送爽入花间。
穿行锦绣山中乐，忘返流连半日闲。

马兰秋色

我步金风到马兰，徐行阡陌赏秋峦。
蓝天丽日黄橙稻，坐看芦花枫叶丹。

漠阳江鱼王石

落霞红醉半边天,江水清凉浪打船。
今日秋风随我至,鱼王化石立千年。

秋深

秋深露重草含霜,岭上秋林几树黄。
湖畔秋风追稻浪,菊花香里赏秋光。

阳春马兰村

黛山稻浪少繁喧,仿似桃花世外源。
试问秋光何处好,农夫遥指马兰村。

明仕田园风光

叠翠群峰入眼眸,一泓溪水竹边流。
山花烂漫开无主,野径青藤老树头。

中大行

浩荡珠水向南流,花放滨江北渡头。
百载人文家国事,大师风范耀千秋。

巡查水毁修复工程

地冻天寒冷气侵,爬山涉水入冬林。
巡查工作当然好,细致全凭责任心。

大雪贺生辰

时令大雪贺生辰,冬月寒梅傲世尘。
庆幸此身常有伴,鲜花一束谢亲人。

研究生班同学小聚

曾在西湖划小船,青葱岁月晚凉天。
经年已去应犹记,夜下华园众酒仙。

冬至

冬至羊城暖意融,桂香扑鼻百花红。
行人街上衣衫短,今夜空调开冷风。

海珠湖沙河粉

海珠湖上气清新,鹭鸟翔飞绿水滨。
何事春花君最忆?沙河粉嫩诱游人。

逛花市

春色撩人姹紫红,争奇斗艳闹春风。
不知何处春光好,我道花城春意融。

盆景

远看微观不尽同,赏心悦目意无穷。
乾坤浩浩真风景,融入盈盈数尺中。

惊蛰

朝云密布暗江春,微雨随风扑面新。
天上沉雷来复响,恐惊湖畔钓鱼人。

题赋三八节

雨后天晴气朗嘉,千红万紫吐芳华。
满园春色谁堪比,巾帼优于二月花。

植树小记

仲春三月可人天,植树成林荒岭前。
今日齐心挥汗雨,他朝绿色满山川。

祭扫烈士墓

当年赴死为民谋,血雨腥风志未酬。
盛世今天如所愿,心香一瓣忆悠悠。

五一假期值班

广佛中珠四日游,车轮滚滚似洪流。
阳光服务人心暖,欢畅同行笑意稠。

雨后新晴

连绵夏雨伴雷声,小道青苔浅色轻。
早起蝉鸣窗外烈,风柔软日看新晴。

乡居

青山翠竹绕门庭,湖畔荷花开娉婷。
午后林梢蝉叫急,无风树静白云停。

仲夏夜闻电话

花园夜静玉兰开,满月高悬照露台。
忽且手机来电响,数天牵挂落尘埃。

教师节

春风化雨悄无声,润育英才千里行。
桃李芬芳天下满,讲坛三尺写人生。

山居

金风吹落满园霜,窗外田畴稻穗黄。
难得逍遥山里乐,桂花香处享秋光。

国庆节前管理中心即景

悠然信步过桥东,水碧天蓝花更红。
瑟缩秋凉黄叶落,红旗飞舞卷西风。

换装庆国庆

欣逢大庆换新装,靓丽青春喜若狂。
欢畅同行挑重任,阳光路上志昂扬。

罾城会

罾城相约醉秋林,百里驰行爱意沉。
水远山长难阻断,同窗一片赤诚心。

海珠湖即景

露重秋深菊已残,金风无力柳垂栏。
湖边荒草同晖色,菡萏香消烟水寒。

深大培训有感

汲取真经不怕迟,虚心向学志难移。
创新改革鹏城路,深大求师正其时。

赶海

金风吹雪浪千层,谁唱渔歌水里兴。
赶海不辞劳与苦,烟波日暮有良朋。

霜降榆中有雪

时行节令冷风飏,霜降榆中起苍茫。
昨夜今晨天大雪,山河满目尽银装。

广州大桥即景

霞光万丈雾霾消,玉露轻风花更娇。
莫道城中君行早,车龙已到小蛮腰。

打网球

气爽天高风晚凉,华灯初上网球场。
健儿技艺真精彩,独我生疏装内行。

网球八强赛

夜战挑灯上球场,雄心壮志晚风凉。
莫言队内多高手,临阵磨枪也亮光。

红梅傲雪庆生辰

北风玉露湿窗台,墙角红梅次第开。
冬月天凉常傲雪,暗香源自苦寒来。

夜过尖山渡

易逝韶华似水流,光阴转瞬若飞舟。
尖山今夜天边月,曾照当年古渡头。

大雪日登马头岭

荻花枫叶各缤纷,岭上阳光少俗尘。
大雪无痕何处觅,微风冬日暖如春。

冬日天龙山偶得

荻舞残阳逐晚风,层林杂染叶霜红。
闲鸣野鸟栖枫树,好趁天晴晒羽绒。

过凉州

朔风伴我过凉州,回望前尘旧事稠。
去病当年兵马处,武威千古震边酋。

岁末抒怀

冬夜寒凉天色青,一轮弯月伴灯明。
他年再遇西风起,记否艰辛带笑行?

广珠西线党旗红

疫情防控急匆匆,勠力同心气如虹。
危难之时能战斗,广珠西线党旗红。

红棉寄语

世事因循节令更,风轻日暖踏歌行。
红棉怒放花千树,寄语新春万里程。

植树节有感

春来植树小桥东,微雨横斜逐晚风。
鞋底俱泥浑不顾,且留青翠伴花红。

江畔见落日

宅久家中闷欲狂,驱车江畔赏春光。
繁花嫩叶随风舞,映照天边落日黄。

清明

清明时节雨淋零,万笛齐鸣侧耳听。
静默低头旗半落,山川大地拜英灵。

初夏天台

天台初夏绿生风,瓜果飘香舞半空。
叶上蝉鸣虽噪耳,祖孙棚下乐融融。

题南迦巴瓦峰

南迦巴瓦刺苍穹,雾绕云遮羞女峰。
万苦千辛山脚下,有缘才见几分容。

无题

昨夜今晨深睡浅,晓行湖畔气新清。
薰风荡漾荷香至,困顿全消步履轻。

太古仓畔小聚

洲头落日晚风凉,夏夜虫鸣花暗香。
窗外奔腾南逝水,馆中美乐绕云梁。

傍晚即景

仲夏斜阳丽影长,横塘菡萏暗生香。
蝉鸣小径无人迹,柳色弥天风晚凉。

夜过河堤有感

曾经漠水度蹉跎,酒醉街头话甚多。
最忆河堤排档处,江风月夜炒田螺。

仲夏观海

浪花飞溅响如雷,恰似千军战鼓催。
拍岸惊涛来又去,谁知往复几多回?

仲夏晚景

夏晚云霞耀眼明,仿如仙境梦穿行。
桃源虽好千山远,莫若家园气朗清。

无题

顶上乌丝不再盈,访单用药亦难灵。
湖边老柳遭人羡,春到枝头浓又青。

海陵东岛

马尾松林曳晚风,秋游东岛夕阳红。
人言海胆姜葱饭,齿颊留香意未穷。

秋夜观海

高悬秋月浪声喧,渔火流萤照未眠。
静坐沙滩观自在,海天一色夜无边。

过南沙大桥

去年春末花开日,正是苍龙出世时。
此际我从桥上走,安全保畅不容辞。

老猫公

悠悠姿态甚轻松,榕下南墙沐晚风。
懒理龙江花月事,海傍八号老猫公。

中秋

雨后长空风晚轻,人间秋节桂香萦。
亲情今夜连三地,一样星辉共月明。

花明楼秋日

潇湘秋雨涨池塘,露鸟林中叫正忙。
道是光阴容易老,田间稻谷又金黄。

落日甘竹滩

露重秋深风晚轻,长河落日悄无声。
霞光波影南飞雁,一叶孤舟逐浪行。

九月十一日兰大榆中校区初雪

骤降温低寒意生,榆中初雪悄无声。
纵然路上多难苦,莘莘学子带笑行。

龙舌兰

根植苍茫旷野中，高枝志向在青穹。
黄花摇曳蓝天上，笑傲东西南北风。

重阳日江南

秋到江南遍地诗，霜林醉染焕新姿。
登高望远重阳日，正是花黄蟹美时。

冬日云山即景

徒步云山汗湿衣，羊城雾拥未知时。
穿行涧谷何曾觉？偶见梅花开几枝。

冬日兴隆山偶得

冬日榆中草木凋，兴隆山里少烦嚣。
无边落叶纷纷下，古寺林间雪未消。

赞龙江温汝适

龙江人物话风流,惠及乡亲岁月悠。
曾是尚书房行走,温生汝适美名留。

左滩月夜(一)

秋月无边风晚凉,江村渔火悄登场。
左滩堤上人如织,浅唱轻弹夜未央。

左滩月夜(二)

左滩秋夜月中天,浅唱轻弹有管弦。
堤上徐行不觉远,江枫渔火照无眠。

八月十三过南沙大桥

高塔连天刺碧空,桥横珠水贯长虹。
嫦娥倘有归来日,应叹人间大不同。

花开园

虫鸣蛙噪近黄昏,秋月长空有雁痕。
闹市城央清静地,仿如隔世入桃源。

鼍城

鼍城秋雨落轻柔,瞭岭清风入眼眸。
见竹见山无尽意,漠阳江水佑恩州。

秋光

秋雨初晴风晚凉,平畴稻穗泛金黄。
长河落日烟波里,一叶轻舟逐浪行。

岭南古村

高墙镬耳映天蓝,正道沧桑话岭南。
浊世繁华随水逝,譬如朝露又如岚。

夏日即景

雷鸣电闪黑云兮,陌上途人意乱迷。
骤雨青萍时起伏,狂风枝叶忽高低。

孟夏月夜

夏夜风凉气朗新,车龙飞疾噪声频。
当时一样天边月,曾照深宵保畅人。

晚霞甘竹西

光影云霞甘竹西,无边风韵惹人迷。
才闻江上渔舟曲,又听林中归鸟啼。

赞黄晓红大队长

飒爽英姿保畅通,艰难险阻向前冲。
初心逐梦终无悔,巾帼须眉黄晓红。

立夏

一场豪雨春归去,几阵清风立夏来。
柳绿蝉鸣端正好,凤凰花放耀窗台。

北江红棉

一树红棉立水边,繁花怒放百余年。
春风秋月人间事,多少悲欢话变迁。

梅关古道

早春二月雨连绵,雾锁梅关见不全。
古道悠然千载过,惯看荣辱与云烟。

三八节赞公司娘子军

飒爽英姿蕙质芬,允文允武广传闻。
湾区保畅千钧重,怎少公司娘子军?

春游

徐行郊外觅春风,陌上桃花映碧穹。
日暖晴光心畅悦,悠然不觉落霞红。

年三十晚值班有感

桃李争春除旧岁,迎新爆竹闹良宵。
万家灯火团年夜,我等南沙守大桥。

春日

天朗气清晴无埃,春色撩人入眼来。
还谢东风频送暖,桃花今日院中开。

冬日

横塘水冷烟波澹,小院寒梅开正酣。
冬日暖阳端是好,隔窗遥看一天蓝。

中层述职

极不平凡话去年，同心戮力斗顽坚。
安全保畅千斤重，总结提高再向前。

无题

九月寒凉风渐高，长街瑟缩路人逃。
阳台日暖闲无事，好趁秋光晒羽毛。

网球赛

网球比赛又重燃，正值金风寒露天。
去岁排名羞挂齿，如今终入四强前。

自嘲

前天比赛闪肌腰，今日关门用药调。
静坐书台何所事，清茶音乐去无聊。

左滩落日(一)

露重冬深寒意浓,左滩落日满江红。
渔歌唱晚逐浪起,岸上行人步履匆。

左滩落日(二)

阑珊春意夏相催,风雨阴晴几度回。
独坐滩头观日落,霞光万道水中来。

一中112周年校庆

春华秋实满庭芳,立德初心耀漠阳。
风雨百年担道义,征程再上谱新章。

南环生日会

上弦冬月夜微凉,玉露轻风金桂香。
笑语欢声常作伴,光阴荏苒载歌行。

黄埔大桥通车十三年有感

大桥飞架十三年,物是人非话变迁。
感谢诸君同遇见,前程似锦谱新篇。

寒梅

是日寒潮自北来,乱云飞渡啸窗台。
凄风冷雨何曾惧,小院梅花次第开。

南昆山十字水

溪水空灵少俗尘,林间小道气清新。
花香鸟语心愉悦,愿做南昆山里人。

元旦登南沙大桥塔顶

初升旭日气清新,塔顶凭栏望五津。
万丈光芒除俗恶,东风涤荡旧时尘。

除夕夜值班

窗外频闻爆竹声,万家团聚把春迎。
风寒雨冷除夕夜,监控中心灯火明。

大湾区大通道展厅揭牌

湾区潮起大江边,筑梦通途万万千。
浩荡东风春色好,揭牌开幕启新篇。

正月十八榆中大雪

正月春来桃李飞,萃英山上雪霏霏。
昆仑堂里灯光暖,照得征途学子归。

三八节赞公司女员工

恰如春色似花妍,能武能文斗志坚。
巾帼英雄当不让,湾区保畅半边天。

大围山

秋色无边耀眼明,天高云淡气新清。
围山溪水流千里,不及同窗一片情。

春夕垂钓

无边春色满城花,陌上风华气夕嘉。
可惜穷劳鱼未获,旁人笑我钓云霞。

五一节雨中南沙大桥

雨色空蒙雾气重,乱云飞渡隐长龙。
昔时天堑珠江水,今日通途笑意浓。

春暮榆中即景

榆中四月草如茵,柳嫩花红景色新。
日丽风和端是好,萃英山下正青春。

凤凰花

翠羽青青映艳红,凤凰花放耀苍穹。
繁华灿烂枝头立,笑傲东西南北风。

登雁塔望九江

夏晚云霞照四方,穿行绿道好风光。
盘山叠翠来回转,雁塔凭栏江水茫。

第三篇
律诗

长龙跨海过伶仃,九载艰辛始建成。

多少星辰迎浪起,几回风雨踏波行。

谁言鬼斧生神迹,却是能工第一名。

今日我从桥上走,万般感慨道豪情。

龙潭湿地

七月在龙潭,天光盛夏蓝。
一泓溪水绿,两岸柳丝聃。
稻穗随风舞,群鱼戏管涵。
谁知荒野地,此处胜江南。

九月初八日

闲来登古道,信步到湖边。
老树枝繁盛,新花灿欲燃。
波光频闪闪,白鹭舞翩翩。
坐看渔翁钓,西山落日圆。

顺峰山公园

湖上寒烟渺,林中落叶飘。
草含黄悴色,菡萏已枯焦。
硕果枝头累,繁花映碧霄。
秋光君莫负,白首乐逍遥。

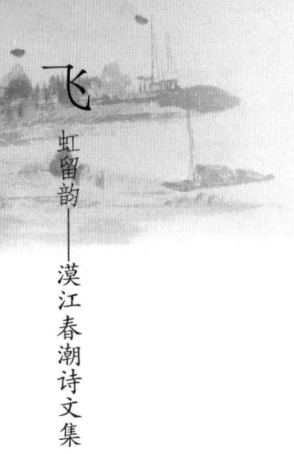

晨过小桥东

晨过小桥东,云霞波影蒙。
天蓝垂柳绿,水碧角梅红。
丹桂枝花满,茅针谷荻丰。
韶光容易去,又见起秋风。

六中情

三载六中情,师生爱满盈。
书声晨畅琅,灯火夜通明。
酷暑何曾惧,严寒笑意迎。
龙门今跃过,明日又登程。

昆明

滇池行栈道,雾散见西山。
鸟迹长空上,帆踪碧水间。
花红遮曲径,柳绿掩湖湾。
秋色天佳朗,悠然不思还。

到兰州

金风吹万里,直上碧云天。
昨别珠江畔,今来黄水边。
河旁垂柳绿,山顶异花妍。
求学休辞远,兰州奏凯旋。

大理

西风吹绿树,凉意入花丛。
月影苍山白,霞光洱海红。
鱼翔清水下,鹰击碧空中。
大理秋天美,如今再度逢。

厨师技能赛

厨师竞赛场,今日美名扬。
爆炒牛羊肉,清炖虾蟹汤。
雕工言技艺,摆设讲良方。
谁道家乡菜,难登大雅堂?

虎门二桥(一)

碧水南流去,渔舟唱晚红。
珠江披锦带,大地架长虹。
高塔田园起,钢梁天际蒙。
明年时将至,翘首盼桥通。

虎门二桥(二)

角山翠绿江水清,虎门炮台举世名。
硝烟散尽曙光现,狮子洋上伟业兴。
横空出世惊天地,壮志凌云风骚领。
待到二桥通途日,如在苍龙背上行。

虎门二桥(三)

彩虹飞渡耀长空,架雾穿云志未穷。
不是神明生造化,应歌巧匠胜天工。
华灯艳丽虽然美,傲世龙桥更伟雄。
莫忘当年挥汗雨,举杯欢畅笑春风。

普陀山

普陀仙境海连天,法度庄严生紫烟。
东风浩荡祥云至,菩提莲花善心连。
百年修得同舟渡,千载有幸共枕眠。
俗世凡尘多纷扰,渡人渡己佛无边。

秋日海珠湖

金秋送走夏日炎,闲亭独坐竟欲眠。
桥头古榕春常在,西风愁杀绿波间。
黄叶无心逐流水,菡萏有意花却残。
行云不定波光动,湖畔园丁忙耕田。

莲花山

莲花盛放大江边,山望狮洋景万千。
观音妙法观自在,心香一炷结善缘。
宁王府第遥相望,八仙岩畔对诗篇。
更喜瑶池天水绿,跃上青翠看云天。

南莲园池

南莲园池听梵音,空灵缥缈沁人心。
繁华闹市清静地,难得浮生半日欣。
罗汉松青天水绿,灼灼莲花波光粼。
心中长怀平和气,何惧风雨岁月侵?

一中换种木棉有感

东风换植未为迟,花放三冬第一枝。
万里之遥传爱意,一中子弟不容辞。
文才风韵由君舞,内外同欢写兴词。
桃李芬芳相遇日,举杯共祝正当时。

春游

出城顿觉风光好,燕子低飞戏嫩茅。
小院花香蜂蝶舞,檐边黄鸟闹交交。
桃红北野和青柳,竹叶东郊对柏梢。
正是时年春色美,烦心浊事一并抛。

元旦

梅李花开次第新,岁月更迭又一春。
漠江水阔鱼龙跃,瞭山云深鸣鸟音。
大角山下离尘远,十里长滩浪如银。
凭栏远眺千江水,万目苍灵草木欣。

瘦西湖

玉露金风十数回,如今照壁已生苔。
斜阳有意催人老,倩影无心入梦来。
桥上雕栏依旧好,池边菡萏逐年开。
重游故地休兴叹,把酒言欢快乐哉。

罗大师北疆行

罗公意气上天山,万里征程只等闲。
昨日伊犁骑骏马,今朝边境望雄关。
人生在世真潇洒,才子风流不一般。
驰骋纵横谁敢敌?漠江狂草凯歌还!

贺叔外公 80 岁生辰

家贫少小出宁乡,从政时常备赞扬。
淡看平生荣誉事,去留宠辱意仍昂。
为官一任勤为力,心系黎民未敢忘。
耄耋不言年岁老,随和开朗寿而昌。

三清山

慕名千里上高峰,为睹三清真面容。
栈道东方升旭日,西边海岸彩云浓。
大鹏展翅难寻觅,巨蟒擎天有影踪。
神女心思何事处?漫山红豆几多重!

合肥李鸿章故居

淮军故地久名扬,陌巷寻常隐栋梁。
激荡风云多变幻,半参毁誉大封疆。
将倾破厦难为力,水浅之舟费已量。
老宅深居今犹在,谁人记得李中堂?

落红

徐行幽径小桥东，早雨连绵景色蒙。
飘洒飞花堆满路，喋声栖鸟立林丛。
仿如仙境云中坠，又似瑶台梦里红。
谁道落英无处是？芳华依旧傲霜风！

港珠澳大桥

碧海清风景色明，长虹飞架久闻名。
伶仃洋畔宏图起，大屿山旁伟业生。
出世横空天地动，穿云过雾露峥嵘。
登桥远望心澎湃，如在苍龙背上行。

庆新年

和暖东风明朗天，嫣红姹紫庆新年。
窗台月季花盛放，楼下芙蓉艳欲燃。
慈母堂中粘喜字，孩童门外贴春联。
银滩十里离尘远，大角山边种福田。

阳春鸡笼顶

慕名百里上高峰,为睹鸡笼俏面容。
翠竹香花风淡淡,温泉芳草雨浓浓。
千狮昂首无痕迹,万马扬蹄有影踪。
文采情怀关不住,漫山诗意几多重。

春逝

泡桐小院又花开,嫩紫鹅黄映露台。
虽欲留芳迟日去,奈何杜宇叫声哀。
牡丹凋谢春风老,桃李成尘冷雨摧。
流逝光阴难再返,人生年少不重来。

花滩林场

穿行小道上西山,志在丛林绿野间。
芳草茵茵遮水岸,香花朵朵满河湾。
苍茫旭日升天堑,浩荡春风过险关。
站立高巅回首望,群峰脚下笑开颜。

读陈麒凌作品有感

荔熟蝉鸣夏日长，龙船鼓响裹粽香。
道是一年好光景，凤凰花下读华章。
瞭山葱郁添灵气，漠水浩瀚文采扬。
人生百态寻常事，笔下生辉且回肠。

回延安

久别延安十七年，重临圣地梦魂牵。
延河水岸人潮涌，宝塔山中花叶妍。
抗大礼堂思往事，枣园旧址忆先贤。
前行不忘来时路，红色精神万代传。

港珠澳大桥礼赞

长龙跨海过伶仃，九载艰辛始建成。
多少星辰迎浪起，几回风雨踏波行。
谁言鬼斧生神迹，却是能工第一名。
今日我从桥上走，万般感慨道豪情。

岁月如梭话变迁

岁月如梭话变迁,匆匆不觉二十年。
东山岭下迎寒日,漠水河边度暑天。
幸有恩师多教导,更蒙学子苦攻坚。
相逢莫问功名事,把酒言欢夜未眠。

逆风而行

暴雨倾盆浊浪滔,狂风呼啸厉声嚣。
黑云压顶车踪少,枝叶横飞鸟迹逃。
高速路人齐上阵,为民保畅甚辛劳。
通宵达旦不言苦,勠力同心我自豪。

中秋游园乐

中秋赏月晚来风,美食游园夜色蒙。
煎饼腊肠苹果绿,鸡汤猪脚辣椒红。
轻弹浅唱犹无尽,笑语欢声亦未穷。
天上嫦娥应艳羡,人间有爱乐融融。

南宁东凤娟标杆团队

凤娟团队美名隆,今日聆听果不同。
微笑四方驱冷雨,畅行八桂沐春风。
文明礼貌人心暖,服务温馨客诉融。
情系交通从未改,征程再上立新功。

仙湖水库

仙湖水库气清新,秋色无边醉诱人。
枫叶漫山披锦绣,芦花溪岸挂丝银。
闲谈何惧风云急,品酒还需诗礼频。
君子惺惺常作态,村夫野老反归真。

秋雨春风六十年

秋雨春风六十年,韶华逝去莫临川。
阶前老树依然绿,窗外新花别样妍。
万里鹏程思往事,翱翔云际梦魂牵。
重回旧地千般好,休问功名得失天。

海陵岛上马拉松

碧水蓝天马拉松,海陵岛里乐融融。
彩旗猎猎随风舞,锣鼓喧喧响半空。
绿女红男齐上阵,欢声笑语向前冲。
身强力健虽然好,心态平和第一功。

黄埔大桥通车 10 周年有感

龙头山下十年前,黄埔飞虹矗水边。
休赞神仙能造物,应歌工匠巧胜天。
长河流月无声去,雪染青丝叹逝川。
今日我从桥上过,心潮澎湃颂诗篇。

改革开放 40 周年有感

壮阔波澜四十年,敢教旧貌换新天。
春风一袭田畴起,万顷繁花阡陌传。
继往开来谋发展,图强振奋谱宏篇。
三军号角今朝响,再上征程勇当先。

新洲忆记

罗岭深深是我家，茫茫大海起云霞。
春来赏绿千溪水，夏至观红十里花。
秋日晨风吹桂树，寒冬篝火话桑麻。
何当共聚明湖上，把酒言欢月影斜。

对越自卫反击战 40 周年有感

逝去光阴四十年，南疆战火梦中燃。
红旗猎猎庆功酒，血汗淋淋胜利烟。
赴死青春羞退后，丹心报国勇为先。
前行勿忘来时路，遍地英雄入史篇。

兰大萃英山

送儿千里赴兰州，展翅鲲鹏胜水鸥。
险阻艰难何足虑，载途荆棘不言愁。
苍茫塞外三杯酒，大漠无垠一目收。
岁月青葱君莫负，归来南粤竞风流。

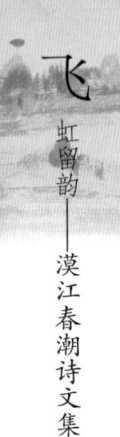

一中校庆抒怀

秋雨春风百十年,芬芳桃李遍山川。
鼍城老柳依然绿,漠水新花别样妍。
教学楼前思往事,凤凰树下忆师贤。
鹏程万里心牵挂,共贺生辰不夜天。

点赞发行 ETC 卡同事

发行任务万千重,上下同心气如虹。
串巷走街三进入,站场区所显神通。
风霜寒露何言惧,冷讽闲嘲志未穷。
成绩得来殊不易,坚持二字见真功。

广珠西线通车 15 周年文艺汇演有感

广珠西线忆悠悠,薪火相传十五秋。
昔日施工称第一,如今营运拔头筹。
阳光服务人心暖,欢畅同行爱意柔。
拍岸春潮天际响,湾区逐梦竞风流。

武汉长江大桥

龟蛇千古望星辰,建造虹桥梦变真。
黄鹤不知何处往,长空雁叫倍伤神。
晴川胜迹今犹在,未见当年崔颢身。
世事因循渐更替,东风涤荡旧时尘。

赠同窗

君居北市我南城,一别黉门少闻声。
桃李春风挥汗走,江湖夜雨踏沙行。
长虹架立烟波上,岛隧连通地底横。
卅载修桥同筑路,万般感慨起豪情。

去年今日大理游

去岁西风吹绿树,几多凉意入花丛。
夜观月影苍山白,晨看霞光洱海红。
自在鱼翔清水下,悠然鹰击碧空中。
人言大理秋天美,只是何时再度逢?

秋游逢简水乡

寻常巷陌隐沧桑,流水长亭故事藏。
玉露滋生蕉叶绿,金风吹皱菊花黄。
韶光易逝年华老,怎少诗词乐与觞?
人道江南秋色美,我言逢简胜周庄。

冬日登泥洲桥塔顶有感

高处凭栏八面风,千江映照夕阳红。
一泓碧水争流去,两岸车龙欢畅逢。
绿野平畴今胜昔,桥横大地笑苍穹。
穿行天堑云来急,不忘当年汗马功。

中秋日南沙大桥

莲花千古望星辰,飞架长虹已变真。
开物天工何算事,世间奇迹谓功臣。
至臻建设湾区梦,欢畅同行大道深。
今日秋风随浪起,初心荡漾路桥人。

深中通道

深中通道傲苍穹,笑看伶仃洋上风。
岛隧纵横连晚照,长虹飞渡贯晴空。
逢山开路凌云志,遇水修桥气势雄。
伟业宏图今展现,人间胜迹夺天工。

罗浮山即景

罗浮山上气新清,雾散云飞草木明。
水碧鱼游三紫燕,花红蝶舞一黄莺。
东坡引伴曾登顶,我辈呼朋步旧程。
才过春分方数日,竟闻嘶裂夏蝉鸣。

读梅岭三章有感

记得当年伏莽间,带伤病重匿油山。
刀光剑影从容过,弹雨枪林若等闲。
绝地逢生泅碧水,脱离险境渡雄关。
黑云压顶何曾惧,梅岭三章震敌顽。

赠翁站长

十载年华水样悠,青春无悔竞风流。
热情服务人心暖,欢畅同行笑意稠。
化解纠纷多计策,安全管理有良谋。
如今作别凤城月,明日端州泛小舟。

参观黄茅海跨海通道有感

烟波浩渺接苍穹,南水崖门久不通。
纵有鲁班施法力,亦无良策显神工。
路桥建设英雄志,成造湾区盖世功。
浩荡春风今又是,黄茅海上起飞虹。

相见欢

斗转星移三二年,别梦依依心相牵,
望瞭山下花正漫,物是人非景变迁。
同学见面不相识,执手相看泪涟涟,
劝君当惜今时月,潇洒人生更胜前。

第四篇 词

二月春风入绿城，繁花似锦笑相迎。长湖柳色燕飞亭。　　最忆上元灯映夜，林梢月下爱盈盈。暗香流动诉衷情。

第四篇 词

临江仙 重登黄埔大桥

昔往夏园长住,一时多少豪英。长河流月去无声。烛光灯影里,辛累到天明。 十载光阴流动,大桥远播威名。重登高塔看天晴。心中无限事,谈笑起豪情。

临江仙 一中863聚会

忆昔往一中校园,班中皆是豪英。长河流月去无声。凤凰花影里,辛劳到天明。 廿八年如一梦,此生幸遇师恩。晓登望瞭看新晴。多少心酸事,都付笑谈中。

忆秦娥

秋意浓。碧水青山对苍穹。对苍穹。云淡天高,雁掠长空。 湖中泛绿星点点,疑是瑶池下九天。下九天。何日再往?思绪万千。

忆秦娥 阳春仙家峒

西风疾。长空雁叫秋萧瑟。秋萧瑟。荻花枫叶,桂

香飘溢。 登临绝顶心怡逸，浮云总是难遮日。难遮日。良辰美景，且吟诗律。

鹧鸪天

彩旗猎猎鼓声喧，柳绿花黄竞争妍。漠水欢呼腾细浪，瞭山雀跃舞翩跹。 碧空下，彩云边，天鹅振翅欲比肩。游子万里归来急，忙为慈母贺寿篇。

鹧鸪天

漠江奔腾无尽时，瞭岭南麓种相思。千山万水传爱意，满腔乡愁化作诗。 春已绿，花正丽，阳光灿灿照紫衣。待到柳丝燕飞日，花好月圆是归期。

鹧鸪天

相约瞭山听春风，群豪庆却脸儿红。欢声笑语喉沙哑，酒醉高低脚步松。 今晚夜，泪眼朦，高歌一曲与君同。年年今日春宵短，唯恐相逢在梦中。

鹧鸪天

约定瞭岭听笛声,十月相聚在罍城。来时东山云带彩,宴罢漠江雨打萍。　　山不语,鸟自鸣,文采飞扬夜倾情。明朝万一车船动,惜别折柳在长亭。

鹧鸪天

那琴山上天正蓝,点石成兵布满山。惊涛拍岸千军在,雄师百万镇海湾。　　似虎踞,若龙蟠,鬼斧神工列仙班。风吹雨打浑不动,海翻夕浪坚如磐。

鹧鸪天

那琴屹立市东南,怪石嶙峋满山间。金风十月秋风劲,云淡天高菊花黄。　　山泼黛,水浮蓝,浪涌金沙过千帆。窗外拍岸惊涛响,清茶一杯度日闲。

鹧鸪天

恨不生逢在唐朝,太白磨墨玉环箫。陋室柴案诗不出,少陵唯诺看蛮腰。　　柳丝绿,万千条,一日看尽长安娇。宝马香车千樽酒,芙蓉国里乐逍遥。

鹧鸪天　二沙岛

丽日蓝天万里晴,珠江南向水波兴。塔边谁唱思乡曲,引得游人止步听。　　风阵阵,夏蝉鸣,无人知我此时情。枝头花共枝头鸟,偷得浮生半日行。

鹧鸪天　华工65周年校庆

年少青春斗志昂,江山指点问苍茫。星移斗转光阴逝,如海师恩未敢忘。　　珠水畔,秀山旁,华工子弟聚明堂。天南地北来相会,闲话当年皓月光。

鹧鸪天　江中忆记

记得当年结伴游,圭峰山上竞风流。林中溪水花间蝶,把酒临风月满楼。　　从别后,压心头,年年今日意悠悠。垂杨紫陌应犹在,鹭鸣声声使人愁。

鹧鸪天　那琴咏石

半岛穿行栈道联，嶙峋怪石满其间。恰如万马奔沙地，又似千军镇海湾。　　如虎踞，若龙蟠，神工鬼斧色斑斓。风吹雨打浑不动，骇浪惊涛亦等闲。

鹧鸪天　抢险

暴雨倾盆风啸声，月环隧道有灾情。前方路养机车动，监控中心灯火明。　　云电闪，响雷惊，驰援抢险夜难停。浑身湿透全不顾，保畅为民众志诚。

鹧鸪天　忆父亲

无尽相思几万重，光阴转瞬快如风。芳林此际怀慈父，一瓣心香爱意浓。　　人远去，忆无穷，当年幕幕影朦胧。养儿育女殊不易，想念家翁泪满瞳。

菩萨蛮

山高路远源流长，四渡赤水美名扬。天书一本红，

笑傲对苍穹。杪椤翠竹秀,天凉不样秋。赤壁丹霞瀑,壮观天下无。

菩萨蛮

岁月堂堂去不还,记否东山夜赏兰?瞭岭春来早,漠江花正好。 校园青葱日,鲲鹏欲飞时。学子散西东,今夜再度逢。

菩萨蛮

人人皆说罿城美,山清水秀风光旎。陵岛打鱼船,枕浪听雨眠。 望瞭云出岫,塔立春山秀。漠水水长流,相思无尽头。

天净沙 绍兴

白墙黑瓦红花,亭台楼角鸣笳,渡头杨柳嫩芽。花灯初上,春色乱入人家。

清平乐

那琴春晓,谁唱渔歌调。碧海蓝天云水渺,奇石浪花飞鸟。　　重逢半岛高峰,东风浩荡从容。浊世浮沉几许,笑看年月匆匆。

清平乐

那琴半岛,岸线盘龙绕。怪石嶙峋云水渺,观海这边独好。　　晓来携侣登峰,笑看年月匆匆。会当凌霄绝顶,凭栏把酒东风。

清平乐

红黄烂漫,秋意正阑珊。青城山上景色艳,西风动流水潺。　　携来知己同游,忆往昔岁月稠。人面桃花何处,恰似长江东流。

清平乐　海珠湖

　　草绿天蓝，望断南飞雁。海珠湖上秋色异，风动花香微澜。　　清茶美酒壶中，半生弹指匆匆。纵有豪情万丈，不及江渚渔翁。

清平乐　井冈山

　　巍巍井冈，秋色点苍茫。跃上浮云四千尺，西风动菊花黄。　　携来知己同游，忆峥嵘岁月稠。英雄今朝何处？丰碑永驻心头。

春光好

　　西风动，影拂槛，叶如丹。寂寞亭台不堪看，流水潺。　　人间仙境青城，万木霜天红遍。雁字回眸望乡关，碧空蓝。

江城子

　　老夫突发少年狂,左拄棍,后背囊。雨衣秋裤,徒步走山冈。为睹紫罗冬秀色,三生石,喜若狂。　　草密沟深路难行,背虽驼,又何妨?手脚并用,人迹深山藏。登顶海天雾茫茫,西北角,看天光。

江城子

　　工科男今日轻狂,与进宁,奔漠江。寒冬腊月,漫步东山冈。为睹笛声文学社,卅载庆,喜若狂。　　文章风采虽不济,情怀欠,又何妨?细想当初,师恩心里藏。晓登瞭岭望苍茫,眼角处,有泪光。

忆江南

　　羊城美,塔影荡青波。珠水翻腾花盛放,云山苍翠有欢歌。天地共人和。

忆江南

羊城美,美在景观妍。鸟语花香芳草地,青山绿水碧蓝天。今日胜从前。

忆江南

羊城美,人道是花城。四季春冬花盛放,寒来暑往气新清。欢乐载歌行。

忆江南

冬料峭,犹见百花芳。珠水南流奔海去,云山塔影共波光。雁字傲天霜。

忆江南

八排美,山高云淡淡。四季如春花烂漫,水绿山青天碧蓝。雾锁山之南。

忆江南

阳江好,美在风光妍。银滩拥浪碧蓝天,湖光山色如诗篇。春色胜从前。

忆江南

鼍城子,久别又归旋。夜雨敲窗怀学友,壮歌入耳忆华年。百事总挂牵。

忆江南　南浔秋月夜

秋月夜,凉意透窗纱。忆往南浔桥上坐,青葱岁月美如花。寻乐趁年华。

望江南

紫罗山,高耸入云天。人道草长沟深险,烟雾缥缈有神仙,山涧水声喧。　　冬日里,碧空骄阳艳。如今

了却儿时愿,结伴同游紫罗巅,登顶笑开颜。

长相思

天如蓝,水如蓝,碧水蓝天鸟飞翔。如画胜诗篇。
树满山,绿满山,风吹海浪金闪闪。春色满人间。

长相思 中秋

珠水流,黄水流,不觉兰州已仲秋。月明照翠楼。
施良谋,用良谋,年少金城争上游。鲲鹏胜海鸥。

水调歌头 井冈山

千里还夙愿,今上井冈山。登临拜谒圣地,梦里起硝烟。黄洋界炮声隆,唤醒工农万千,星火已燎原。牺牲多壮志,旧貌换新天。 追往事,忆先贤,莫畏难。主义贯彻,英雄精神代代传。践行"三严三实",不忘初心为民,奋发斗志坚。实现中国梦,扬帆我辈先。

浪淘沙　水淹罿城

电闪雷鸣。水漫罿城。梦中尽是浪涛声。车若小舟风雨里，走走停停。　　树上猪惊。鱼跃门庭。纷纷浊浪困山崚。时至今时无妙计，唯盼天晴。

浣溪沙

珠水东流春色中。华灯璀璨耀夜空。暗香盈送晚来风。　　南北西东齐相聚，得云宫里乐意融。笛声文采慢时钟。

浣溪沙

浅唱轻弹不夜天。瞭山漠水舞翩跹。歌声唱响庆团圆。　　继往开来担重任，百年名校写新篇。霞光万丈更胜前。

浣溪沙　国庆保畅通

枫叶荻花秋意浓。每逢国庆百城空。车轮滚滚似长龙。　　即便前行多困阻,为民保畅党旗红。阳光服务沐春风。

浣溪沙　春到海珠湖

久慕珠湖春意浓。嫣红艳紫逐东风。景随心转不相同。　　桥下群鱼争水草,枝头蜂蝶落花丛。烦心浊事并消融。

浣溪沙　元宵节

二月春风入绿城。繁花似锦笑相迎。长湖柳色燕飞亭。　　最忆上元灯映夜,林梢月下爱盈盈。暗香流动诉衷情。

浣溪沙　龙潭村

翠竹葱茏白鹭飞。莲塘水满鲫鱼肥。花开阡陌斗芬菲。　　散学儿童归来早，牵牛戏水犬相随。晚霞炊烟把家归。

浣溪沙　龙潭村怀古（一）

细雨微风落不穷。烟笼翠竹影重重。南飞雀鸟立墙东。　　回望孩提欢乐处，字如飞马画如龙。感恩思念老家翁。

浣溪沙　龙潭村怀古（二）

登临故园情更浓。依稀往昔快如风。相思家父旧时容。　　流水朝东奔大海，杜鹃开落几多重。徘徊小院望长空。

浣溪沙　扬州

三月烟花醉眼眸。瘦西湖上泛轻舟。吴侬软语唱温柔。　　回望少年行乐处，曾经风雨下扬州。如今鬓角点霜秋。

西江月　冬至有怀

北国地寒天冻,南疆日暖花红。关山阻隔路途蒙。冬至阳生顿涌。　饺子汤圆浮动,语音微信心同。有怀今夜望星空。遥寄相思入梦。

西江月　再到龙潭村落

再到龙潭村落,杜鹃花放墙东。光阴四载逝如风。仍记家严面孔。　谁唱乡歌声动,无边思忆由衷。云山那水大潭榕。故里春风入梦。

卜算子　虎门二桥

高塔入云端,珠水南流去。绿野平畴眼底来,美景难言叙。　昔往大江边,风卷红旗舞。建造龙桥大地间,多少寒和暑。

卜算子　黄埔大桥通车十二载有感

　　冬日上高台，极目南天阔。浩荡江风扑面来，桥上车龙捷。　　十二载光阴，心有千千结。今忆当年岁月稠，迈步从头越。

第五篇
现代诗歌

党旗迎风展,踊跃当先锋。

西线无小事,我是主人翁。

转瞬新年到,谋划不放松。

韶华君莫负,前行气如虹。

幻象

花岗岩铺砌的海滨长廊
海风轻拂
海鸥飞翔
游人如织
有一对男女
在拍照
女人优雅仪容里
掠过一些
牵强
粉底液再厚也掩盖不了心里的
裂痕
你以为他们……
谁知道他们却将走向分离

富丽堂皇的
五星级酒店
大门打开
一股香水的味道扑鼻而来
拎着精致包包
一位摩登女郎
款款走来

你以为她是……
谁知她却是刚下班的保洁员

舞场上
一位高大英俊的男士
得体的西服
微卷的头发
风流倜傥
华丽的舞姿
俘获多少女人的目光
你以为他是……
谁知他是一个在市场卖鸡的小贩

小区一位
步履蹒跚的老人
衣着朴素
人很节俭甚至吝啬
你以为他是……
谁知他却资助不少山区的小孩读书

你以为他很完美
但实际不是这样
你以为她很大方
其实她却很小气

为什么
为什么这样
我问大海
大海哗哗地笑了
我问海风
海风却只在我头发上轻拂了一下
我问海鸥
海鸥却呱呱地飞走……

忽然有一个声音响起
"你只看到他们的一面
而另一面却
隐藏了……"

爱情

脚痛时想起了兴德叔
在那个炎热的暨大的午后
身旁那随风飘过的白裙子
还有已拆掉的蒙古包遗址上叫春的野猫

宁静的明湖边
凤凰花开的夏夜
一只孤单的蝉在咏叹
夜风中
他摸了摸瘪瘪的荷包
湖边的青蛙在呱呱乱叫

夜空中飘过
一声无奈
兴德叔说
关于爱情
并不是一个人可以做主的

离岸不远

离岸不远,有小草
夕阳西下,染着金黄的凄凉
风起时,你在何处
风停时,你在何方

离岸不远,有山岩
风卷着蔚蓝,金光闪闪
海浪涌时,谁人在
海浪退时,谁人在

离岸不远,有小舟
繁花开无主,野渡悄无声
人来时,浪叠飞舟
人走时,孤舟自横

离岸不远,有野花
芳香不言,却引这彩蝶舞
蝶飞来,万般喜欢
蝶飞去,一样盛放

离岸不远,见晴天

春风拂绿景万千
扁舟一叶随浪起
堂前旧燕舞翩翩

一些事

在这个冬日温暖的午后
我站在海滩上
听到他的近况
看着波涛汹涌的大海,想起了一些事

年代久远了
但还记得头上飞扬的旗帜
白天,令人鼓舞
晚上,惨白的灯光
让人不寒而栗
但他却是个好人
温和而热心肠
这么多年
在生活的磨难里,不改初心

两个词

你和我,两个词
走在一起,手拉着手
逃离了字典

现实的生活是赤裸裸的压榨
考验着我们的最初
动摇,不甘心
是自身甜美的意愿
绕着我们身体的 DNA 螺旋

我不经意间滑入你的内心深处
看到了爱的火花

正如你所说
孤独躯壳,渴望灿烂

村庄

翻过这一座傀儡状的小山
就可以看到莫名的村庄

青石板已长满了杂草
窗框上一只蜘蛛
在狰狞地做着自由体操

榕树丛里
惊起一只硕大的乌鸦
呱呱地飞向村外

它想唤醒
往昔河流的白帆点点
以及充满的朝霞

十二月二十一日

天空灰蒙一片
天狗吞下了整个城市和河流
狰狞地狂笑

向西向西
逃离魔爪
在雷祖的地盘
静听太阳公公疏松的牙响和均匀鼻鼾

醉氧
睡去

车站

大雪纷飞的车站
白皑皑
整个世界仿佛被隔绝
深深的车辙是与远方的唯一联系

车站的留言板上
有人留下"再见了"
莫名却写上
"冬已至,春不远"

重读《人间词话》

远处高速公路川流不息的车声
像海浪拍打着海岸
我一个人,在这个岁末的午后
伴着一泓湖水,和楼层一样感到微颤

阳光正好
微风翻读着千年唐宋
"小桥流水""长河落日"
"杨柳岸""大江东去"
温暖着人间

生活不易
若心安
哪里都如沐春风

理发

空气中弥漫着年的味道
德叔摸了摸头，该理发了
午休的时候，溜到了发廊

洗剪吹八十块
他赖在凳上不走，坚持四十块
酣睡中，理完了

德叔瞪眼一看，怎么理一半
美女理发师说
四十块就是这样
望着明晃晃的剃刀
德叔蔫了

走的时候
在旁边店里买了顶四十元的帽子戴上

德叔阔步走在大街上
他平生第一次觉得——
这年的年味特别浓

春风沉醉的晚上

今夜我当沉醉
美酒当前,人生几何
我所有的往事都留在了这一面湖水
那些忧郁的、快乐的、无助的
连同那淡淡桂花香

我坐在湖边
暮春的桃花只剩下一两朵
我的吟唱惊醒一只正做春梦的蚂蚁
它用诧异的目光扫码
此人欠正常

我何尝不想正常?
我的青春,我的梦想
水分土壤已被世俗玷污
曾经豪情万丈的我
现就像被蚕吃得斑斑点点的桑叶
残缺不堪

慢慢地,思维已被世故所缠绕
我的血脉不再有诗意

变得机械与麻木
曾经的念想
也只能在梦中的箱子里翻找

灯影下湖光闪烁
虚幻与现实相互交融
不甘心的美好扭曲着延伸着
纠缠不清

在这个春风沉醉的晚上
我
迷糊了

同窗

三十二年后再度相逢
蓝天海浪沙滩,远山朦胧
不经意间
岁月流淌,苍老了彼此的面容

相见时喟叹时光匆匆
当年的英俊少年现已略显龙钟
这就是我的初中同学呀
篮球高中锋

初三时,我插班到县城一中
望瞭山下,漠阳江东,凤凰树下
度过一段难忘的青葱

记得初中毕业后
各散西东
你去了体校
我却回了乡下务农

在甚少公共汽车的年代
我高中的入学通知书

是你用青春的动力,跑了二十公里的路程
将它送到我手里时,你已满脸通红

每想到这时,脑海里不禁思潮汹涌
记起了当初点滴与笑容
感谢在最美好的时候
我们有幸同窗共读

分别时夕阳正红
两手紧握都不想放松
祝福你,健康快乐
我的高中锋

传承

给予我所有的快乐
撑起我幸福的一片天
从呱呱落地到蹒跚学步到长大成人
大手牵着小手
一步步为我遮风挡雨
细心地呵护我的成长

我的每一次进步,都让您由衷自豪
就算我年纪再大,有了自己的小孩
在您的眼里也还永远是小孩
哪怕您已老得走不动了

给我最好的
哪怕掏空您的身体
也无怨无悔
这是爱的传承

沉思

风雨侵蚀
岁月消磨
斑驳的外墙
残缺的窗台
难掩她的风华

阳光下
遇见这个迟暮的美人
不经意间翻开尘封的记忆
蓦然发现
她的璀璨

一如窗边盛开的
凤凰花

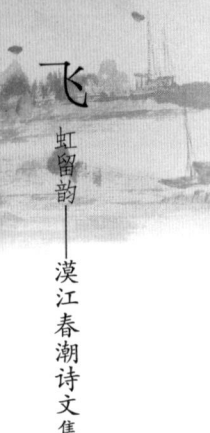

记忆

不管你是否想起或者忘记
历史的缩影
它都存在
无论你爱与不爱

这是一代人的记忆
在那里
我们见到了父辈的影子
在那里
有我们自己的影子
尽管那时候我们还很小
但是烙印仍时常在脑海里翻滚

那是一段令人难以忘怀的岁月
我们从磨难中走来
一路摸索着前行
一直走到今天
多么地不容易

我们庆幸能够生活在这个美好的时代
见证了我们的祖国稳步走向强大

今夜

今夜微风轻送
沙尘
在亿万年亘古不变的戈壁滩上沙沙流动
月光如水般啊
洒在千年胡杨林的树叶上
黄金灿烂的寂寞
悄无声息

千山万水啊
追寻不到你的影踪
而此际
在地表上苍凉、孤寂的额济纳旗上
有一颗想你的心
在跳动

前任

兴德叔没有前任
只有现任
生活虽然平淡
却有味道

前段时间
有部电影叫《前任》
兴德叔去看了
有点感慨
写了首小诗

不小心被现任看到
黑云压顶,暴风骤雨
兴德叔只好坦白
当年的暗恋,隐藏在心底三十多年
招供了

第二天
有人见兴德叔
走路一拐一拐的
缓缓而行……

那些有前任的人
看着一拐一拐的校长
都不敢写诗了
还是藏着吧

慢慢地
自己也忘记了
曾经有过的秘密

像春风掠过的湖面
没起微澜

后来
有次聚会时
兴德叔喝醉了
摸着还隐隐作痛的膝盖
抱头痛哭
"我没顶住呀……"

有这样的一群人

有这样的一群人
天天护卫着高速公路
秉承着"阳光服务,欢畅同道"的理念
无暇顾及
海上无尽的云卷云舒
庭前不羁的花开花落
在人生美好的时光里
迎来了多少晨昏日暮
送走了几度日升日落
无怨无悔地为过往的司乘人员服务

有这样的一群人
他们籍籍无名,平凡普通
在万家团圆的时刻
坚守在高速公路上
为人们保驾护航
一年到头,全家聚少离多

有这样的一群人
同学聚会时
他们不敢对朋友们说起自己的收入

只能笑笑，转移话题
明白心里的责任与担当

有这样的一群人
每一天都坚持他们的执着
为了需要帮助的司乘人员
奋不顾身地忙碌着
群众的感谢
就是他们最大的荣耀

有这样的一群人
在妻子的眼里
可能是不称心的丈夫
在妈妈的眼里
可能是不孝顺的儿女
在儿女的眼里
可能是不称职的父母
而他们却是最称职的员工

有这样的一群人
炎炎烈日令人窒息的黄色高温下
制服结上了一层又一层汗碱
车内五十多度，汗珠子浸透了巡逻车的车座

他们却丝毫没有怨言
仍然守护在平安的高速公路上

有这样的一群人
抢险救灾冲在前
任尔台风呼啸,暴雨倾盆
山坡、桥隧、路面、服务区上都有他们的身影
守护着结构物的安全
为司乘人员提供安全的通道

有这样的一群人
坚守在三尺岗亭里
面对种种不解与责骂
不发牢骚,不吐怨言
仍然微笑以对
提供着如春风般的服务

有这样的一群人
犹如大海浪花中的一朵朵
平凡而又伟大
为着司乘人员平安
甘愿用自己的青春
守护着春夏秋冬的每一刻

如果有人问我
这一群是什么人?
我会骄傲地告诉你
他们是高速公路人!

原乡

石头,石头
老树,枯藤
半枯的池塘
石头村道,石头房子
人迹稀少,野花在仲春的午后恣意地招展

一个荒废了的村庄

但岁月尘埃
也掩盖不了她曾经的繁华……

那条通往外面的石头村道
见证过
当年那大红花轿抬过娶亲的新娘
哒哒的马蹄声中走来那高中的举人
铃铃的自行车载起父辈的快乐
孩童奔跑的脚步声
老大人家往生极乐的三炮声

村头的老榕树听到了人们树下纳凉的话语
笑声中传递着三哥家生了个哥儿

老笑家的牛产崽子了
村头的杨子起了新房
五组二姑的女儿与一个杂货郎私奔了

儿童在不合时宜地吵闹着
微风送来了阵阵稻花混杂着莲花的清香味
夏蝉在撕裂着盛夏
萤火虫飞来飞去

村边的石头塘
依稀记得
盛夏里光腚的孩童戏水
妇人在塘边洗衣
水牛在悠然喝水
冬日里干塘时是全村的欢乐节
男女老少抓鱼去
笑声响动行云

石头垒砌的房子
一定偷窥过
丈夫在院子里修理农具
妇人在厨房里忙活
小孩在昏暗的油灯下攻读
桌子底下的大黄蜷曲身体

依偎在小主人的脚下酣睡

雨雾朦胧的春天
农夫与耕牛在田间劳作
夏日的打谷场上
晒满了金黄的幸福
秋天灿烂的星光下
秋虫在吟唱着那夜归的人
寒冷的冬季
石墙边的梅花探出头来嗅着酒香

不知何时
石头村的人越来越少越来越少
渐渐地只剩下了石头和记忆

相对于石头
人们成了过客
不管多么的显赫与富贵
贫穷与低微

慢慢地
野藤爬满房顶
苍凉弥漫了整个村庄
连石头也灰暗了

没有了生气
石头村也就沦落成别人的风景

咔咔的快门
高跟鞋撞击石板的声音
惊起了老树上那只鹭鸟
呱呱地飞向村外
似乎想向谁诉说着什么……

老榆树

仲春时节
石河水库的山上已繁花盛开
蜂蝶起舞,雀鸟欢唱
山脚残垣边上的一棵长满疙瘩的老榆树
默默地注视着这一切
已然习惯了这种景象

老榆树顽强坚守故土几百年
刀砍火烧,狂风暴雨,电闪雷鸣
满身的伤疤成了记忆的年轮
惯看村落的繁衍,从兴旺到衰败
静对水库的水位不断上涨
淹没了村庄,没了人烟
从满心欢喜到默然孤坐
心如止水

春姑娘热情地呼唤
老榆树挣扎着焕发着残缺的青春
苍老的枝丫上也长出了嫩芽
星星点点
像是记忆的大坝上一个个蚁穴

慢慢地就要决堤了

当那和暖的春日
一群远足的少男少女在树下欢呼时
老榆树仿佛又回到许多年以前的
那个静谧的春夜
年轻的，满怀爱意的心
在翻腾
在跳动

清明

四月天
杜鹃花开遍山野
山斑鸠在鸣叫
应节的微雨打在花瓣上

片片白纸
袅袅檀香
金银纸的灰烬
泥土上的酒香

空蒙的天际
弥漫着浓浓的
思念

时光

伍家村她不姓伍
散居着五家陆姓的人

岁月从瑞禾石上流走
并没有听到三更时金鸡的鸣叫
尘埃落定在村落残址上
已找不到往昔的繁华
晚霞光影照在北山塔的脚下
有一位唱白榄的老人
用听不清的方言，吟唱着听不清的歌曲

山外的漠阳江还保留着百年前的模样
向南努力地把沧桑流入大海
竹影婆娑中隐约中听到阵阵的咸水歌声
只是时光已不再

味道

今天的天气
像二十八年前的盛夏一样酷热
江边的大宋茶馆
他与她重逢
沧桑已印在彼此的脸上

岁月的河流洗去了青涩的年华
人生之舟承载着太多的故事
轻啜茶妈妈的橘普茶
那感觉就像故乡的山茶
那样香浓

她的家乡远山含黛
那条清澈的小河，回转有情
她的家就在河的对岸
当年他从远方而来
可惜她不在

漫水桥边
他与同伴把手信——
一只烧鹅吃了

那味道
让他至今难忘

他说起这事时
她笑声不止,两眼带着泪花
她轻声问道
"假如当初我在家呢?"
他沉默,无语
只是静静地望着江水

午饭,她点了一只烧鹅
他味如嚼蜡
心底微叹
"那年的烧鹅
是这辈子最好的
味道……"

那时

那时
犹如一幕幕电影

看不够的风景
稻花香里蛙声片片
萤火虫忽东忽西
蝉鸣中屋背山诱人的红荔枝
星夜下沙地上的南瓜花
那龙河畔金黄的稻浪

道不尽的故事
龙潭村口婆娑的老榕树
那个说"桃园结义"的老人
脚边安静的老黑狗
云头山山路弯弯处
匆匆而过的熟悉身影

爱不完的情深
池塘边盛开的玫瑰
迎亲花轿里羞涩的新娘
石板凳上的欢声笑语

河里光腚子畅游的孩童
昏暗油灯下苦读的少年

说不清的流年
生活无言却成就了诗篇
春日泛绿的溪水
夏至漫山的野花
秋风中送来桂花的芳香
寒冬篝火旁把酒话桑麻

匆匆而过的电影里无法包含
看不够的风景
道不尽的故事
爱不完的情深
说不清的流年
我想从头来把那时重讲
可惜时光飞逝已回不到从前

那时
已淹没在时光里

季节

春天满眼的青葱
秋日金黄的海洋
光阴的色彩在大地上流动

暴雨倾泻于天空
小河如胀爆的血管
这是大自然的法则

繁花开落
生老病死
所有的生命都在轮回

季节在无声无息中
演绎着美好与善良
冷漠与丑陋

我们用这种方式爱您

今天是您的生日——
祖国
我们用这种方式爱您!

三尺岗亭车来车往
我们热情服务
监控大厅灯火通明,铃声起伏
我们通宵值守
车轮滚滚的高速公路驻勤岗
我们汗流浃背指挥交通
长隧道、跨江大桥、高边坡
我们用专业守护着安全
抢险救灾
我们用速度、用效率来践行服务承诺
高速公路服务区
我们用爱心、整洁,给司乘人员一个家的感觉
粤港澳大湾区的黄金通道
我们用科技为她安上千里眼顺风耳
欢畅同道
我们用爱心给千万个归乡的人
铺就一条温暖平安的回家路

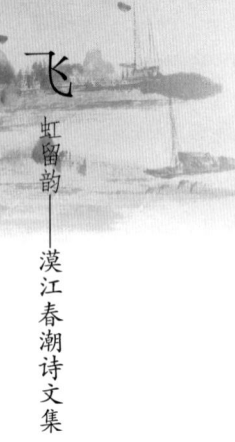

万家团聚、普天同庆的日子
我们坚守在工作岗位上
我们平凡
我们自豪

今天是您的生日——
祖国
我们高速公路人
用这种方式爱您!

味道

秋日
阳光正好
快餐店里
妹子递过一碗河粉
但总觉得味如嚼蜡

思绪漫过故乡
脑海里满是
河堤大排档河粉的味道
和蓝天下十里银滩浪花飞溅的气息
交织在一起

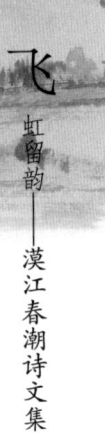

秋蝉

午后
金风轻拂着温暖
季节所有的花朵斑斓的色彩
折射着天蓝

树上
一只秋蝉在欢唱着

以为美好的都是春光
严冬躲在秋的身后悄悄地说道
"快了
她的时代行将结束"

初冬

清晨
北风呼呼地从窗前刮过
惊醒了的一些不知名的小鸟
在咕咕咕地叫
是不是已意识到寒凉将至

池塘边的桐叶
迫于淫威
慢慢地憔悴得有些枯黄
菊花渐显老态
可能是夜生活太多风霜的缘故吧
再浓的妆粉也遮不住日渐增多的皱纹

忽见
墙角一枝红梅
花蕾已慢慢隆起
跃跃欲试地准备要绽放

天气转凉了
落叶飘零，有萧瑟
却也有含苞待放的欣喜

这一枯一荣之间
快得来不及写下几行诗
却宣告着一个季节的
来临

2019年广东广珠西线高速公路有限公司述职述廉报告会

转眼到年终,述职正其中。
春华和秋实,酷暑与寒冬。
十分钟台上,辛苦一年功。
谁言容易事,得来不轻松。
任尔狂风暴,任尔霜雨冻。
湾区平安路,戮力保畅通。
路畅洁优美,安顺车如龙。
欢畅臻同道,花开太阳红。
路姐小蜜蜂,阳光沐春风。
路拯齐合力,见警急匆匆。
监控千里眼,指挥兵马动。
后勤保障好,爱心暖融融。
养护责任大,抢险向前冲。
机电反应急,快修人称颂。
党旗迎风展,踊跃当先锋。
西线无小事,我是主人翁。
转瞬新年到,谋划不放松。
韶华君莫负,前行气如虹。

春望

雨后瑟缩的寒风
吹拂着
积水路面上街灯的倒影

冷清封闭的生活区
不见往昔喧嚣热闹
世界变得如此的
空旷与宁静

此刻
自由和快乐被口罩深深阻隔
但见
一群群逆行的白衣勇士与疫魔激烈搏杀

坚持！坚持！
天使们将以仁心仁术的大爱
让温暖灿烂的笑容
重现人间

响亮的名字

秋雨潇潇落不停
纷纷黄叶渐飘零
难得秋日宁静远
尚有密林听鹭声

这沥沥的秋雨啊

仿佛在洗涤尘埃
黄叶飘零的山村小路
宁静致远
优雅的白鹭飞翔在田野稻穗金黄处
池塘水满

宋代诗人的山重水复柳暗花明
古代书生的高楼攻读
令你有一个诗意的名字
而伟人的诞生
更使得你的名字响彻大江南北

如今人与楼皆已成为历史的过眼云烟
那古人读书处

换来了书声琅琅
那面黄肌瘦的身影
换来春天般安详、自信、淡定、从容的笑脸
那岁月穿越了尘封已久的记忆
那时光把大地的冤情戾气彻底地昭雪
如今这盛世如人所愿

我折一朵小花
与祝福一起放在
那淙淙泉涌的小溪上
溪水与花低吟浅唱
欢快地穿过重峦叠翠的幽谷
向着靳江奔向远方

身后的翠竹密林里
一群又一群的鸟雀叽叽喳喳地欢唱着
仿佛在说
"花明楼"
"花明楼"
"花明楼"
——这片肥美土地的
响亮的名字

南区八座 402

南区八座 402
住着两位八九十岁的昵称叫寿的老人
挥手告别校园三十载的光阴里
他们的关心支持从未曾中断

今日再见
岁月苍老了他们的容颜
但仍精神矍铄，敏捷诙谐
师生围坐一室
聊起往昔青春飞扬
笑声中泛起了记忆的阵阵涟漪
风骨飘逸，淡定从容

窗外冬日午后的暖阳
透过万年青枝叶洒入堆满图纸的客厅
温暖着人心

谆谆教诲
一切恍如昨天

南环中层述职会

年月去匆匆，述职进行中。
总结去年事，新年新作风。
台上八分钟，台下一年功。
党建作引领，东西南北中。
安全责任重，常抓不放松。
营运标准化，服务一条龙。
桥涵结构物，养护重中重。
路政强管理，保畅急先锋。
后勤细服务，防疫下苦功。
财务规范化，收入利润红。
机电添助力，资讯快如风。
南环大监控，尽在掌握中。
三个中心站，亮点各不同。
交通示范路，好评如潮涌。
展望今年路，困难许多重。
"三大"与"三化"，
前行气如虹。
目标已明确，安全保畅通。
阳光服务好，春风满路途。
征程擂战鼓，奋力向前冲，
初心终不改，奋楫立新功。

表白

亿万年前那一刹
我用千万吨热情夹杂翻滚的喷涌而出的烟灰
向你表白
遮天蔽日,不见曦月

遍体鳞伤的你
极为不屑这种粗暴的行为
不能接受
于是我炽热的心慢慢地冷却
化作一堆堆手挽手、灰黑、灰红的礁石
拱卫在你身旁,不离不弃
而我那满怀的心事
年复一年
只能向海浪诉说
或激愤
或轻柔

扫一扫，看视频

这是一条幸福的路

1=C

♩ = 82

作词：伍尚干

作曲：童　尼　伍尚干

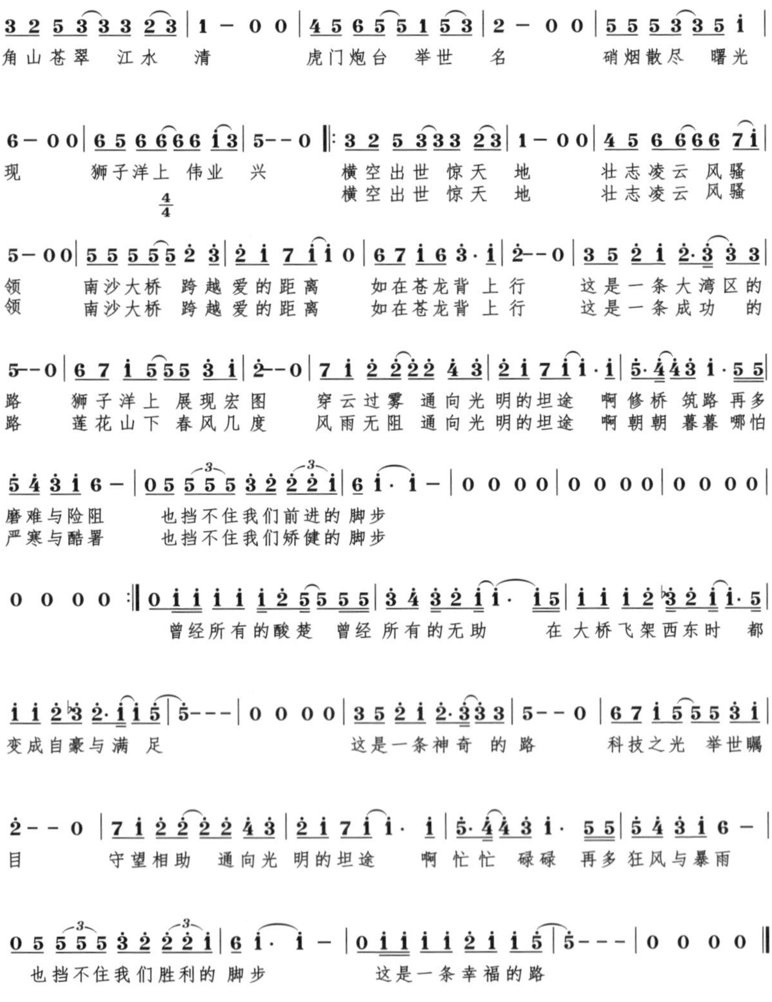

第六篇
散文

夕阳蔼蔼，群山莽莽。

溪水淙淙，雀鸟啾啾。

清风习习，花香阵阵。

心旷神怡，流连忘返……

荷花

荷花高洁，出污泥而不染，如果公司栽种荷花该是多么美好的事啊！

公司的湖很漂亮，水也比较深，大约有三米。一年前，本想在湖里种些荷花，想象每年夏天的时候，湖面开满荷花，游鱼嬉戏，那简直就太美了。找来园林师一商量，湖水太深，种下的荷花会淹死，只好放弃了这个念头。没办法，那就在湖边菜地的小水沟里面种些荷花吧，荷花盛开时也可以观荷赏花。

今年秋天的傍晚，当我散步到小桥头的时候，忽然间惊喜地发现原先长在小水沟里面的荷花，已不知不觉地长到湖中了，在夕阳的光影里，荷叶随波荡漾，已长出了几朵小花蕾了，甚是好看。

时间就是个魔术师，去年我们想做而没做成的事情，今天时间却给我们做成了。假以时日，我们可以看到湖上开满荷花的景象，那将是多么美好的事啊！

所以啊，多少事，不能急，要以平常心，静观其变，静待花开。

信之。

风马牛及其他

周末在家休息，上网闲逛看各种资讯，世事纷纷扰扰，恰如这天气时雨时晴，变幻莫测。

忽然间，想起了乡下一个老流氓的故事。此人横行乡里多年，有一次他欺一个老实人，有人劝老实人给认个错，和平解决算了。但人家老流氓不干呀，要往死里整。老实人没有退路了，只好奋起反抗，老流氓不敢玩命了，这时搞笑的一幕出现了：老流氓害怕了，与对手套近乎攀亲戚，我在哪里哪里见过你，我跟你的谁谁谁是亲戚。

老实人毫不客气地回应道：我不认识你，我也跟你没任何的亲戚关系，我今天就要跟你斗到底。我要有尊严地活着！

又譬如比赛跑步，定好计划跑五圈。刚刚开始跑的时候很辛苦，跑了一半就感觉坚持不下去了，其实和你一起跑的人呢，他也一样难受。这个时候，就看谁能熬得住了。

有些世事是何等的相似啊！

中国武侠小说中，高手过招，看谁先眨眼。

古语云：天要下雨，娘要嫁人。我们不惹事，也不怕事，狭路相逢勇者胜。再艰难也要坚持下去，直到最后的胜利。

我们需要的是有尊严的和平。

马兰印象

陌上花开凤朝阳，水墨阳春尽风光。
山水妆成本无意，春风秋露入画廊。

马兰位于阳春市的西北面，方圆20多公里，是一个典型的喀斯特地貌的地方。

马兰的风光以怪石林立、层峦叠嶂、洞湖众多、湖山衬映、千姿百态、变化无穷而著称。我们见惯了云南的石林，广西阳朔的风景，到了这里，会不由得眼前一亮。

这里的风景充满了江南的灵秀，却又自成一派。横看成岭侧成峰，远近高低各不同。或婀娜或端庄，或突兀或繁复。处处奇峰异景，蔚为壮观，有如颗颗明珠散落在阳春大地上。

一年四季，风景各异。春天，美丽的油菜花，在云雾缭绕的群峰间自由地生长；秋天，金黄的麦穗，迎风招展，蓝天白云映衬着苍山，宛如仙境。这片神奇的土地，总是令人流连忘返。

那年春天，我们一行人慕名而来，徜徉在马兰的春色中。山峰与土地，在夕阳的映照下，移步换景，任何角度都是一幅幅山水画，光与影美不胜收，透过池塘望远处山的倒影，或透过山峰俯瞰池塘，韵味都不尽相同。

小桥、流水、人家，陌上花开，鸡犬相闻，水牛在悠闲地吃草，农夫在辛勤地劳作。刹那间，有如人在画中行，仿佛间来到了陶渊明笔下的桃花源……

沿着开满野花的弯曲沙土小路,我们来到了喀斯特峰林之下的一个古老村庄,房子都是明清岭南风格,大多已经荒废,少数还有人居住,给人一种世外桃源、恍如隔世的感觉。

　　太美了,这种美,就在我们身边,而我们竟然这样忽视她的存在。

　　忽然间,想起了一首诗:

　　　　你见,或者不见我
　　　　我就在那里
　　　　不悲 不喜
　　　　……

　　我们身边从来不缺少美,缺少的是发现美的眼睛。

厦门随笔

历史是时光的主人，每次到厦门，总会感受到一种时光沉淀之美。

时光，在这座城市里清晰可见。

你所到的每一处都是历史的舞台，一幕幕生活的话剧曾在此上演。多少悲欢离合！多少儿女情长！中山路、鼓浪屿、胡里山炮台、曾厝垵、南普陀寺、集美渔村、厦门大学斑驳的建筑物见证了多少繁华落尽的沧桑。当历史的风尘烟雨掠过后，厦门淡定从容地拾起这份馈赠，成就了眼前这份气质。

时光，在这座城市里传承风骨。

中山路长街上繁华依旧；华灯初上的鼓浪屿，海风悠然吹拂着；南普陀寺晨钟暮鼓传送着平安与祝福；厦大学子步履匆匆，追逐学术潮头……千百年间，浮华流水逝，荣辱已翻篇，但那些高贵的、不屈的、执着的、坚忍的精神却融进了厦门的骨子里，成就了这座城市不卑不亢独特的气质。

时光，在这座城市里凝结成诗。

走过了风雨如磐的日子，迎来了阳光灿烂的生活。走进厦门，在海风中放飞自我；走进厦门，在海浪声中安详入眠；走进厦门，融入这旖旎的风光中；走进厦门，在四季的轮回中邂逅最美时光；走进厦门，在梦里与往昔重逢。

厦门，以她独特的历史魅力，屹立在海峡西岸，镶嵌在时光里，历久弥香，散发着醉人的芬芳……

母校，我想对您说

望瞭山麓，漠阳江东。
巍然矗立，阳江一中。
校园佳气，郁郁葱葱。
人才辈出，誉重声隆……

又到一年开学季。

乘着歌声的翅膀，思绪仿佛又回到了三十年前的那个难忘的初秋：一大群来自漠阳江畔的少年，带着梦想，带着父母的殷切期盼，背着简单的行囊，面带兴奋羞涩的笑容，相聚在漠阳江东、望瞭山麓的阳江一中。

这所中学是当时粤西地区的著名中学，我和我的小伙伴们无不因为能走进这样一所中学而无比激动！

依山而建的阳江一中，周边的东门峒是一片农田，有农民在肥沃的土地上种植水稻或蔬菜；体育场边那个叫牛墟的地方是一个以买牛为主的集市；新台公路从学校一侧经过。学校四周民房不多，略显荒凉，唯有校园内绿树成荫，书声琅琅，一片盎然生机。

那时候，校园生活辛苦而快乐。平时，我们像小蜜蜂一样在知识的花丛中尽情地吸取营养，或者在操场上与小伙伴们一起踢足球，课余时间则参加笛声文学社等各类社团的活动，晚上大部分时间都在自修，畅游书海。到了周六、日学校放假，不能回家的住校生仍会结伴爬上望瞭山，在夕阳西下的山坡上大声朗读课文。偶尔也会三五成群往河堤大排档去解解馋。有时还会往家乡的方向眺望，暗自怀想家门口的那一片桃花林。

实际上，那是一个很好的时代。有些同学比较成熟，成绩又好，深得女生仰慕，让大家羡慕不已的同时也激起了我们争强好胜的斗志。于是，我们埋头苦学，笔耕不辍，每天早起，晨读声琅琅，和着校外啁啾鸟鸣，一派宁静和谐，恰好体现了阳江一中的学风校训：志、爱、勤、礼、洁。

一眨眼，三十年过去了。

三十年来，给我们留下最深印象的还是最敬爱的老师们。

一中的老师上课非常认真，在那个还不太注重备课的年代里，阳江一中的老师都认真做教学计划，板书工整，解释详尽，课余直到最后一个学生问完问题才离开教室。多少年来，许多同学仍然完好保存着当时的上课笔记和课本。863班班主任陈恕老师当年刚从华南师范大学毕业，年龄比我们稍长，看起来却比一部分同学还年轻。不熟悉他的话，他往学生中间一站人家就分不出来了。第一次给大家上课时，陈恕老师也显得有点紧张，一节课的内容，陈老师准备了几天，但只讲了不到二十分钟就全部讲完了，剩下的时间不知说什么好。三十年间，当年腼腆的陈恕老师在业务上取得了"阳江市教坛新秀""广东省南粤教坛新秀""广东省中学特级教师""省级教育专家培养对象""全国优秀教师"等一系列荣誉称号和奖励，成为业界翘楚。不过，再相聚时聊起当年那第一节课，大家仍会无比欢乐！

经师易遇，人师难遭。在阳江一中，我们不仅学习了知识，还学到了为人、为事之道。我一直认为，我从阳江一中考上大学后的奋发向上以及走上工作岗位以后那种对待工作的热情、执着，那种吃苦耐劳、艰苦奋斗，那种一丝不苟、追求卓越，那种永不服输的精神，应该全部来自老师们潜移默化、润物细无声的示范和熏陶。老师们的言传身教，对我日后做人、做事的品格的养成，一直发挥着莫大的激励作用。

母校，我想对您说，三十年过去了，当年那群意气风发的少年已经像蒲公英的种子一样，散落于天下，但每每听到母校的些许音讯，我们都会为母校的进步和发展感到由衷的高兴和自豪。

有一次，听朋友说阳江一中搬迁了，很想回去看一看，但一直未能成行。直到应同学之邀重回母校，才发现老校园已作他用，新校园雄姿英发，气势恢宏，唯一不离不弃的还是漠阳江，缓缓流淌在新校园旁。当年863班捐种在一中旧址的那棵竹节树，也随着迁移到了新校园，依然挺拔茂盛，一如母校里那些头发渐白，至今仍在三尺讲台上默默耕耘的老师们。

母校，我想对您说，三十年过去了，沉思往事立残阳，当时只道是寻常。当年凤凰花下的愣头小伙、如花少女已纷纷步入中年，青丝渐成雪，皱纹布脸庞。同学们有的成了一方商贾，有的走上了从政道路，有的传承师道教学授业，有的则远涉重洋。但我们都知道，自己的每一点成长进步，都离不开母校阳江一中当年的精神熏陶和文化滋养。而三十年来亦师亦友的陈恕老师则已成为阳江一中的新任掌门人，带领着这所古老的中学走向新的辉煌。

　　三十年，在人生旅程中，当你往前看时，会觉得很漫长；当你往后看时，就觉得时光犹如白驹过隙。三十年过去了，我们庆幸在那些艰苦的年代里，得到了老师辛勤的培育、教诲，终身受益！不管何时何地，阳江一中永远是我们记忆深处最温馨，最难忘的地方！

　　正是：

　　江城子，久别又归旋，夜雨敲窗怀师友，壮歌入耳忆华年，百事总牵挂！

——2013年9月于羊城

旅行

旅行能够带给人们各种感受,让人们增长见识。

对于旅行,在不同的时期,人们有不同的理解。

小时候,我喜欢趴在地图上,对照着刚刚从课本上学到的地理知识,幻想着有一天能够亲临其境,沉醉在异乡的风景中。异想天开,真是童年的一种快乐。

读大学时,每当寒暑假来临,同窗好友都会到异地去旅行。限于家里的条件,假期我都要回家,帮忙干着农活。在干农活的过程中,我偶尔会发现,从读书的城市回到农村,其实农村也非常美。青山绿水,野花灿烂,每一个季节都有每一个季节的景色。

后来工作了,忙起来,根本就没时间出去旅游。整天像一个上满发条的陀螺,不停地在干活。四年半的时间过去了,当雄伟的黄埔大桥建成时,我整个人就像一台散了架的机器,没有了冲劲,满身疲惫。

完工后,我去了趟新疆。走的是北边的大环线,那里面的山水、风土人情、动植物跟我所生长的南方有着天壤之别。整个人满血复活。旅行带来了身心的愉悦,放松了心情。

但旅行也不见得都是快乐的,有时甚至还会有一些痛苦的回忆。

记得有一次,我们一行人到香格里拉旅行。当行进到318线的卡子拉山口的时候,车子彻底趴窝了。我们在海拔4600多米的卡子拉山交警检查站,从早上九点,到晚上九点,待了整整十二个小时。其间,高原反应悄然而来,头痛,昏昏沉沉,非常难受。同一旅游车队的另一团队的司机突发高山病,昏迷不醒,我们一行人陷入恐惧中……晚上九点,经过当地公安的协调,我们找了两台"长安之星",十六个人坐进两台小小的长安之星,在细雨中,车子像小船一样开进了泥泞的318线,在黑夜中经过了不知多少个海拔五、六千米的高峰。一路上,我们担惊受怕,一夜没合眼。奇怪的是,长安之星一路上没有趴窝,相反,陷入泥泞都是越野车,高原反应也悄然没有了。

第二天早上十点钟,到达稻城。又历时十二个小时!雅江距稻城约二百八十多公里。如果算上前天早上六点从雅江小县城出发的话,在路上的时间,包括修车、等待的在内,总共坐了二十七个小时的车!之后,我们在稻城稍作休息,到亚丁爬山时,已再没体力了。高原反应又来了,晚上九点回稻城早早休息,一觉睡到第二天早上十一点。

这次经历带来的痛苦实在是太深刻了,到现在仍记忆犹新。所以我开玩笑说,旅行就是在异乡用吃喝玩乐的感觉来抵消花掉自己攒下来的钱时的心痛。东奔西跑,在陌生的国度可重新审视、检讨自己。它既能带来快乐也能带来痛苦,或者说是花钱买快乐,或者说是花钱买难受。

还是我父亲有大智慧!他常对我说道:到处黄梅一样花。年少的我当时不甚理解这话的意思,反驳道:怎么一样花呢?橘生淮南则为橘,生于淮北则为枳呢,您的观点是不对的。父亲只是笑而不语。

　　年纪渐长，忽然之间对父亲的说法又有了新的理解：到处都有一样美好的东西，异乡的东西不一定比家乡的美，只要心里有爱，有发现美的眼睛，豁然间，万千世界同样乐哉。

——写于2017年5月23日

涠洲岛记

涠洲岛位于广西壮族自治区北海市南方北部湾海域，是中国最大、地质年龄最年轻的火山岛。

涠洲岛是火山喷发堆凝而成的岛屿，以海蚀、海积及溶岩等景观著称。

今年六月下旬，我去了一趟那里，感受到了不一样的火山岩风光。

岛上比较著名的景点有鳄鱼山风景区、天主教堂等。

鳄鱼山是涠洲岛旅游的主要景区之一，岸边尽是灰黑灰红形态各异的火山岩，雪白的浪花拍打在礁石上，构成令人拍案叫绝的图案，这一刻让人不禁感叹大自然的鬼斧神工。

岛上的天主教堂记载了当年土客之争的一段历史。它是一座哥特式的建筑，建筑材料全取自岛上的珊瑚石，没有一根钢筋、没有一点水泥。数百年来，经历了无数次台风暴雨的洗礼，仍保存完好，不禁令人惊叹。

在岛上真有种恍如隔世的感觉。

——写于2017年7月6日

即将远去的村庄

雕梁画栋岁青葱，争艳繁花耀长空。
往事流金谁最忆？十八座里女儿红。

这首七绝描述的是始建于清朝乾隆年间，至今已有250多年历史的阳江雅韶十八座古村落曾经的繁华。

从广州一路向西，驱车二百三十公里，我们一行人来到了位于阳江市东南部的雅韶镇。雅韶十八座就坐落在这里。村落邻近那龙河下游，靠近漠阳江出海口，村内一马平川，水网纵横，村中水陆交通十分便利。陆路，通过3公里处的西部沿海高速与外界相连；水路，通过村前有河川水道与阳江市区联通；海路，通过村落附近3公里处北津古港与南海相连。

古村一共有十八间房屋，每间房屋均有两个镬耳，人称"雅韶十八座"，是典型的岭南建筑风格的古村落。

阳江当地至今仍有一首民谣在传唱："雅韶谭大昌，岗美李惟杨，上洋姚柄勉，织篢何五公，都系阳江大富翁。"民谣传唱中的雅韶谭大昌公，是十八座古村先祖的后代。由歌谣可见，当年的十八座古村，是何等的显赫一方，何等的风光。

说起雅韶十八座的由来，跟一个距今约250年的名叫谭谓的年轻人有关。

谭谓是个牛贩子，阳江话叫牛宗佬，他经营有道，积攒了不少钱。中国的很多人有个特点，有了钱以后就喜欢建房子，谭谓也不例外。建房子，就要选风水宝地，就要买木材。于是乎，谭谓向一家木材店的老板询价，老板的眼睛扫了扫眼前这个不修边幅的年轻人，说道："这些木材很贵，你买不起。"

谭谓说："要是我买得起呢？"老板不屑地说："你买得起的话，我就买一送一，你建一座屋我送你一座屋。"谭谓冷静地说："此话当真？"老板决然说道："一言九鼎。"

谭谓一口气买了九座屋的木材。没办法，木材老板也只能兑现承诺送了谭谓九座屋。这就是"十八座"的由来。

行走在村中，我们惊奇地发现每栋房屋都建得一模一样，村中93岁的谭伯告诉我们，这实际上体现了创建者谭谓的一片苦心：不让儿子们感觉到半点偏爱之心，让他们能更和谐地相处，让家庭更和睦团结，真可谓用心良苦！谭谓在村中创建了功能齐全的家园，有耕地、粮仓、菜地、鱼塘、水井、家畜饲养场、公厕；也有碾米厂、砖厂、灰窑厂、榨油坊；还有占地数千平方米的农贸市场，一应俱全，好像什么都有，嗯，不对，好像少了私塾。但不管怎么说，这简直就是一个小社会了。多么宏大的工程呐！规划得井井有条，这得花掉多少的银两啊！看来，谭谓不是一般的富翁，而是大大的富翁！

好了，谭氏家族在此安静地繁衍生息，在此过着幸福的村居生活。

这个牛贩子真是了不起，听了这故事，我们真是对他佩服得五体投地了！谭谓用他一己之力，为自己子孙后代们设计了一个规划完善、近乎完美的家园！村前面是一个长长的大鱼塘，

拱卫着村庄，前低后高，排水顺畅，下大雨也丝毫不会淹到村庄。

在一家大门上悬挂着的由省政府颁发的"光荣烈属"牌匾下，谭伯坐在青石板凳上说，这里常住的人家，现在也不过只有五六户了，大多是年过半百的老人，不愿意去城市生活。没办法，根在这里，习惯了这里的生活，清静的日子过惯了，去了城市反而不适应。

幽深、狭长的青砖巷道，一排排老屋静默而立，似乎也在倾听着老人饱经沧桑的讲述；我们看着门框上精美的雕花，仿佛看见了当年十八座的繁华……

说着说着，老人静默了，我们也默默无语，只有远处村边长塘上的鹅鸭在引颈高歌，斜阳照在巷道的野草上，煞是好看。

这天下午，雨后十八座的天空更加湛蓝，凤凰花在怒放，金黄色的稻穗正在等着收割机的收割，时代已经在快速地变化。市场上卖菜的大妈已经用上了二维码，种田也少用牛了。十八座的雕梁画栋，也慢慢地人去屋空，蜿蜒的藤蔓与紧闭的朴素木门相依相偎，个别房子年久失修，变成残垣败瓦，人迹稀少，满目疮痍，反倒成了摄影者的天堂。

龙眼树荫下，幽幽的巷道旁，一位满面皱纹的老太太坐在青石板凳上，慈祥地微笑着看我们的一举一动，温馨又令人动容。即将远去的村庄，是这么的真实，又是这么的凄凉！美丽的乡村，记载着我们这一代人童年时代的欢乐，承载着我们的乡愁。当繁华随水逝，刹那的风华定格在残阳下时，我们却无能为力……

　　临别的时候，我作了一首七言律诗，就叫雅韶十八座怀古吧：

　　　　池上青苔夏日风，凤凰花放耀苍穹。
　　　　灰墙古道藏时韵，画栋雕梁显旧隆。
　　　　屋后老榕枝茂盛，村前过客已不同。
　　　　休谈成败英雄事，多少风流笑语匆。

　　　　　　　　　　　　　——2017年7月13日于鼍城

礼物

不知怎么地,突然想起了外婆。

脑海中不停地闪过这样的一个画面:在秋日的一个午后,香花树下一个面目安详的老太太坐在太师椅上打盹,当我走近她身旁,喊一声外婆的时候,她睁开了眼睛看到了我,微微一笑:哈哈,你来了。

外婆年纪大的时候,很是端庄、慈祥,只是腰骨有点歪驼。可惜没有她年轻时候的相片,但我可以想象她肯定是个美人胚子。

外婆有四个儿女。大儿子在机关工作,原则性非常强,从来不讲情面。外人知道我有个舅舅在教育系统工作,就觉得我们的读书、就业肯定沾了他不少的光,其实不然,我们几兄妹完全靠自己的力量,才跳出农门。

记得父亲跟我讲过一件事,当年我大妹高考失利的时候,曾经想找大舅帮忙找一份代课老师的工作。大舅有句话,我父亲记得非常深刻,"你不种田,我不种田,那谁种田了?这个忙,我帮不了"。后来我大妹自己发奋,终于考上了大学,也就不用麻烦大舅了。

所以大舅给我的印象是几乎不近人情的一个人,不会说话。

三舅给我的印象就是非常聪明,几乎什么都懂,什么都会,人也非常好,我非常愿意跟三舅亲近。这一点上,我哥的智商就非常像三舅。

听我妈说,外公当年在东平大澳、沙扒这些洋行里面当账房先生，可能是遗传的原因吧，三舅非常聪明调皮，但命运多舛。有一次，有人推荐他去石油公司工作，三舅一心想读大学，就把机会让给了同村另一个人，后来这个人当上了公司老总。真是时也命也运也，每当说起这个事情，三舅总是表现得无所谓，但是外婆总觉得有点命运弄人的感觉。

后来三舅自己出去做生意，海南、广西到处跑。他做什么生意上手都非常快，为人也非常大方。他赚不赚得到钱呢？我不知道，反正在他做生意的地方，总变成了乡亲的接待处，几十号人整天在他那里吃、喝、住。他身边帮他打工的人，全部都买了地，买了房子，买了车，而他却总是那样整天醉醺醺，对钱不关心。

大姨嫁到了很远的外地，过得不怎么样，联系也非常少，我好像也没怎么见过她，估计外婆走的时候她可能也不知道。

说到底，外婆最喜欢的应该是二姑娘，也就是我妈妈。二姑娘年轻时候加入了文工团，到县里面参加演出宣传活动，后来就认识了我父亲。我父亲在镇上工作，平时很少回家，我妈妈带着我们四个小孩，种田、种菜、养猪、干农活，里里外外一把手，还培养我们四兄妹读书，现在回想起来真是非常不容易。从妈妈的身上，我们学到了坚强、自信、乐观、不服输的精神。

这些特质我妈也是从外婆身上得到了传承。外婆这一辈子，因为外公去世得早，一个寡妇人家带着四个小孩，挺过了艰难的年代，把孩子们抚养成人。难以想象在当时那么艰难的情况下，外婆是怎么做得到的？

我现在还记得小时候，妈妈把我们送到外婆家，外婆对我们非常关心，非常温柔，基本上没有打骂过我们。不管发生什么事，她总是笑呵呵的，非常淡定，心态非常好，这一点到现在我仍然记忆犹新。

　　我大学毕业工作后，经常喜欢去看外婆，给她带点礼物。虽然外婆的耳朵不好了，但我跟她聊天，不管听不听得见，听不听得懂，她总是微微笑，非常高兴的样子。她说：你经常给外婆礼物，买这买那的，外婆却没能力给你礼物啊。

　　外婆走的时候，我记得那是二十二年前一个冬日的下午，我在工地现场上测量放样，当时听到树上有只乌鸦对着我呱呱地叫，然后就飞走了。

　　后来接到了电话，说外婆走了，我们都非常伤心。长长的送葬队伍一直把她送到了山上，送她到了她最后的安息地。

　　纸钱满天飞舞，三炮声轰鸣。鲜红的鞭炮纸中，我想起了客家山歌里面的说词：阳关借道几十年，阴间才是老客居。

　　外婆的颠沛流离、充满苦难的八十一年，经历过战乱、动荡不安、贫穷的年代，种种的艰难、困苦，但在她安详的面容上，我们从来看不出任何的波澜。外婆面对任何艰难永远都是平静的，永远都是笑呵呵的，永远都是与人为善。她内心世界是怎么样的，我们不得而知，但从来没听到她对生活的抱怨。

　　我想这些就是外婆给我们的最好的礼物。

——2018年9月25日于容桂

料峭寒风吹酒醒，年关新岁笑相迎

2018年最后一天的晚上，非常寒冷。

一个久未谋面的研究生班同学专程从成都到广州一聚，席间大家喝了点红酒。我起身告辞时感觉还行，当下到大堂时，发现走路开始狂晕了，连忙找地方小坐一会，顿顿酒气。环顾四周，刚好有一场作家新书推介会。

前排刚好有位，一位优雅的女士坐在旁边。满身酒气的我在女士厌恶的目光中镇定自若，一段一段地听着台上老先生不知疲倦地讲了半个小时自身的故事。间中有提问，也有观众附和着。老先生把人生比喻成一根细细的棉线，那我们的生命也就是这条线上的一段，有开始，也一定有尽头。我们不知什么时候线会断掉，所以要珍惜，有机会要抓紧……

散场时，我没有找老先生签名购书，走出酒店立即就有点懊悔，来自遥远的西伯利亚的寒流一下间把酒意吹散，瑟瑟中身体又立即融进了华灯璀灿的广州夜色中。灯光下，我的背影被拉长了，我仿佛看到其中交集在一起的那即将结束的2018年的影子，影子中有困惑的，荒唐的，令人气恼的；也有欢乐的，友爱的，温馨的，催泪的，林林总总，百味交杂。但不管如何，他们都输给了时光，再难的事，再荣耀的事，时光都会一一带走，不管你愿不愿意！

即便是刚刚的、晚餐时同学间快意的交谈，令人长见识的讲座，都会稍纵即逝，充当了人生的插曲。

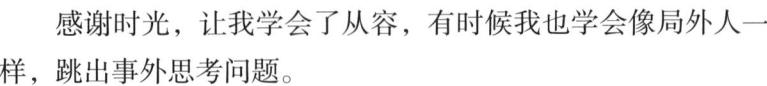

感谢时光，让我学会了从容，有时候我也学会像局外人一样，跳出事外思考问题。

当新年的钟声响起的时候，我想要说一声：

挥手狗兹去，Bye，2018;

萧萧小猪来，Hi，2019！

风流总被、雨打风吹去

我们看纸质的历史书时，总觉得它是单调、乏味的，当它以故事的形式展现的时候，却会感觉到是生动的、形象的。

小时候，我非常喜欢听历史故事，特别喜欢《三国演义》，至今仍依稀记得在云头山下龙潭村边老榕树下如痴如醉地听老爷爷讲《三国演义》中魏蜀吴故事的情景。

一般来说，三国的战争源于东汉末年。

公元263年，曹魏的司马昭发动魏灭蜀之战，蜀汉灭亡。两年后司马昭病死，其子司马炎废魏元帝自立建国，国号为"晋"，史称西晋。公元280年，西晋灭东吴，统一中国，至此三国时期结束，进入晋朝时期。

其实严格上来说，西晋是公元265年建立的，东晋是公元317年建立的。

两晋国祚共154年，相关历史，书籍里面介绍的不多，多为碎片状，没有系统的介绍。我们对于两晋虽然是陌生的，但她却是鲜活的！

翻看两晋的历史书，西晋与东晋在历史的大舞台上是司马家族在表演在管治，总体表演不尽如人意，究其原因大抵如下：

一、奢靡成风，令人瞠目结舌。

西晋时期的一个有名的历史事件就是石崇王恺比富。晋武帝统一全国后，志得意满，完全沉湎在荒唐生活里。在他带头提倡下，朝廷里的大臣也把摆阔气当作体面的事。在当时的京都洛阳，有三个出名的大富豪：一个是掌管禁卫军的中护军羊琇，一个是晋武帝的舅父、后将军王恺，还有一个就是散骑常侍石崇。石崇王恺相互攀比财富奢侈程度，令人张目！王恺饭后用糖水洗锅，石崇便用蜡烛当柴烧；王恺做了40里的紫丝布步障，石崇便做了50里的步障，且全部用绸缎；王恺用赤石脂涂墙，石崇便用花椒涂墙。二人一时难分高下，王恺便把皇帝送给他的一棵二尺来高、枝条繁茂的珊瑚树拿出来一比，本想能镇住石崇的，不曾料想石崇拿起一个铁如意一击，珊瑚树应声而碎，王恺十分惋惜震惊恼火，石崇微笑着叫手下的人，把家里的三四尺高的珊瑚树抬出来送给王恺。这场比阔气的闹剧就这样结束了，石崇的豪富就在洛阳出了名。当时有一个大臣叫傅咸，上了一道奏章给晋武帝。他说，这种严重的奢侈浪费，比天灾还要严重。现在这样比阔气，比奢侈，不但不被责罚，反而被认为是荣耀的事，这样下去怎么了得云云。晋武帝看了看奏章，根本不理睬。因为他跟石崇、王恺一样，一面加紧搜刮，一面穷奢极侈。西晋王朝一开始就这样腐败，这就注定要发生大乱了。

二、乱，不是一般的乱。

生逢在那个朝不保夕，风雨飘摇的年代，人的生命如草芥如鱼肉如浮萍。《资治通鉴》里面讲到两晋，乱得一塌糊涂，典型的莫如八王之乱，王爷之间相互仇杀，今天你杀我，明天他杀你，杀杀杀杀杀，杀个天昏地暗，刀光剑影，血雨腥风，城头大王旗纷纷变换，老百姓也因此成了被殃及的池鱼。

两晋历史，有时真是不忍心看下去。其实小时候我最怕历史老师问我历史年代表，一连串的朝代更换和一连串的皇帝名称，名字记都记不住，什么五胡乱华、五代十国、八王之乱等，基本上年年打仗，烽火狼烟四起，可以说是比较混乱的一个年代。

这些在我们看来是难以记忆的历史专有名词，但是对身处其中的人们来说却是真真切切的人间地狱。每一次政权的兴废都意味着一系列恐怖的屠杀，失败者往往被屠杀干净，而胜利者往往也毫无安全感可言，因为不知道什么时候别人的屠刀也会落在自己的头上。因此当时有一句话，宁做太平犬，勿为乱离人。

多么痛的领悟啊！

三、人口是个大问题。

连年征战，瘟疫、饥荒接踵而至，另有内部的政治斗争、诸侯混战使得当时中国的人口跌到了历史的低谷。由于人口锐减，兵力不足，大部分的疆土、城市没有人去驻防，战力孱弱的中原，最终被强悍的外族入侵，虽然期间也有各种仁人志士奋起抗争，如闻鸡起舞的祖逖等等，但是大厦将倾，谁也无能为力……

当我看完这段历史的时候，正好调令到了，我从一个工作了五年多的地方，轮岗到另一个新的工作岗位上。现在回想起来这五年，时光如流水，过得非常快，期间也取得了一些成绩，但是现在看来这些都已成为过去。对于一个地方，我们永远是一个过客，而历史却是它的主人。就好像我看的这本书上的历史吧，短短的几页纸，但已经涵盖了几十年、甚至一两百年的进程，所有的繁华皆成过眼云烟。明天又是新的开始，甚是感慨！突然想起来之前乱写过的一首诗，很有点意思：

如何如何又如何？你歌我歌齐放歌。

今日青春须纵酒，莫待明日叹奈何！

风流总被、雨打风吹去，正如今夜这星光灿烂，转瞬就大雨滂沱。

人生在世，我们要坚守初心，珍惜当下，走好每一步，工作、生活继续砥砺前行，莫被虚名误，平安是福，平淡是真。

正是：

世事无言，

如此这般。

——2020年8月12日于西线容桂管理中心

温暖

2020年日历清零，2021年元亨利贞。

2020年最后的一天的冬日，虽然寒冷，但幸有暖阳。

窗外，滚滚的车流在大湾区雄伟的南沙大桥上穿行。旷野中，北风呼啸，监控中心铃声起伏，路政车上警示灯闪烁，映照着路政队员坚毅年轻的脸庞……

且喝一杯清茶，让思绪把往事随风一一串起，高速公路人一年的艰辛工作又在脑海中浮现：

曾记否，全国撤消省界收费站的倒计时中，通宵达旦的灯火迎接了庚子新年的到来？

曾记否，春运保畅通工作的各种会议、检查、布置、落实，精心准备，保障人民群众走上平安路，放心桥，过一个祥和的春节？

曾记否，武汉封城时，白衣执甲的逆行，总书记的坚定与从容，为了人民，依靠人民，我们坚守岗位79天，服从安排，为城市大门口把好检测防御关口？

曾记否，ETC点亮工程的日日夜夜，测试、检查、测试、检查，我们以坚持坚韧的守候，迎来了成功的喜悦？

曾记否，面对疫情后第一个国庆中秋的流量暴涨，我们守护着过江大通道的安全畅通，靠前指挥，哪里有险情，哪里就是工作岗位？

这一年，我们高速公路人用最质朴的方式记录工作的痕迹。

三尺岗亭车来车往，我们热情服务；监控大厅灯火通明，我们通宵值守；车轮滚滚的高速公路驻勤岗，我们汗流浃背指挥交通；长隧道、跨江大桥、高边坡，我们用专业守护着安全；抢险救灾，我们用速度、用效率来践行服务承诺；高速公路服务区，我们用爱心、整洁给你一个家的感觉；粤港澳大湾区的黄金通道，我们用科技为她安上千里眼顺风耳；防疫防控，我们守土有责，坚持坚守。

阳光服务、欢畅同道，我们用爱心、用责任、用担当给千万个归乡的人铺就一条温暖平安的回家路。

万家团聚、普天同庆的日子，我们坚守在工作岗位上。

即将过去的2020年，不经意间，我们经历了一个百年未有之大变局，我们有幸成为演员、观众，耳闻目睹了一幕幕惊心动魄的过去。

疫情从另一方面也给我们上了一堂生动的爱国主义教育课：我们一方有难八方支援！武汉挺住！青岛加油！白衣执甲身先行，儿女为国抗疫情！从白发苍苍的老将军，到青春年少的医护作者，全民动员，共克时艰，穿上了白衣就是一名战士！总有一种感动，让你莫名泪下；总有一股温暖，让你怦然心动。就在刚刚，国家宣布全民免费接种新冠疫苗，这体现了人民至上，以人民为中心的执政理念！

一切都是那么难忘，我们国家依然祥和，家国喜乐……

没有哪个寒冬不能度过，没有哪里春风不能到达，已是悬崖万丈冰，犹有花枝俏。再冷的冬天，墙角的蜡梅也已经含苞待放，春天也已经露出笑颜。

冬将尽，春不远。
唯愿2021年元亨利贞，国富民安，健康喜乐！

——2020年12月31日于南沙大桥海鸥岛

空灵十字水

我最早知道南昆山十字水,是一次在飞机上翻看时尚杂志,发现这个唯美的地方竟然是在广东,竟然离我工作的城市又这么近,离广州就一个小时左右的车程。于是在这个2021年岁末的一个周日,忙里偷闲地去了趟南昆山十字水。

南昆山,九连山的余脉,位于广东省惠州市龙门县境内,与广州市的增城、从化交界,山脉方圆480平方公里,被誉为"北回归线上的绿洲"。而最美的十字水又在南昆山里的最深处,有两条四季长流的溪水呈十字交汇,顾名思义,称为十字水。

说起十字水,最著名的莫过于由哥伦比亚设计师设计的用南昆山粗大、节疏、坚韧的老毛竹做成的拱桥,现在这竹拱桥已成为远近闻名的网红打卡点。在冬日的暖阳里,十字水的周围2500余亩的谷地上散落着精心雕饰的中国传统客家夯土墙结合顶级竹子建筑工艺的房子,建筑与自然在这里得到高度和谐的统一。

这里四面青山环绕,空气清新。在位于两水交汇处的瞭望台,可以最佳的角度赏翠竹山林、听淙淙流水、观百鸟归巢、看满天星斗。而这一切的美好都掩映在竹林山林与山花间,伴随着潺潺流水与啾啾鸟鸣……沿着溪水边的木栈道,有从群山最深处流出的小溪,清澈见底,鱼儿畅游在河底形态各异的卵石间,自由自在,翠鸟静立,等待机会,水温透着清凉……忽然间有一种回到了小时候的故乡的感觉。

这里有大自然最美、最原始的样子：浩瀚竹海，涓涓细流，山林苍翠，层峦叠嶂，云雾弥漫。最美莫过夕阳西下时，万丈霞光掩映着莽莽群山，空灵缥缈，林间鸟鸣花香，清风徐来，犹如仙境一般，俗世烦嚣一扫而光。

　　正是：

　　　　　　夕阳蔼蔼，群山莽莽。
　　　　　　溪水淙淙，雀鸟啾啾。
　　　　　　清风习习，花香阵阵。
　　　　　　心旷神怡，流连忘返。

　　总有一处地方，可以让人卸下满身的疲惫，让心灵得到安宁。冬日的十字水，我不想说再见……

后　记

这本诗文集能够付梓出版,有赖温捷香先生伉俪的支持和鼓励。温老先生曾任广东省第十三届人民代表大会农村农业委员会主任委员,其温文尔雅,文质彬彬,诗词造诣和文学修养极高,写得一手好书法,一直以来,对我极为关照,是我的人生导师,是我的良师益友。

同时也要感谢我的研究生母校华南理工大学出版社原社长卢家明先生伉俪的支持和帮助,其一路亲力策划、设计、校正,使该文集能得以顺利出版。

感谢中山大学中文系杨权(沁庐)教授的点拨,以及江苏省文联红学大家、篆刻家赵勇先生的指点并赠印。

我感到非常幸运,在人生的道路上,一直以来得到了众多师长、亲朋、同仁的支持与厚爱,包容我的缺点与不足,给我以平台,给我以指导,使我能够最大程度地实现自己的价值!

作为一名工科男,能够出版一本诗文集,甚感荣幸。

傍晚的时候,我漫步在距今已有3500年历史的顺德左滩江畔,恰遇久雨初晴,霞光万道耀眼明,秋风习习水波轻。入夜的九江上空升起了一轮明月,让人不由得感叹繁华随水流逝,遂作短句一首,聊表此刻的心情:

左滩独步雨初晴,落霞明。水凄清。几多繁华,流逝悄无声。唯有九江天上月，明似镜。照深情。

繁华流水逝，唯有真情在，恰如这九江夜空上的一轮明月，温暖着同行人，笑看着这人世间的冷暖悲欢。

我诗，故我在。

我诗，我欣然。

伍尚干（漠江春潮）

2022年10月于顺德龙江